クライブ・カッスラー
& ボイド・モリソン/著
伏見威蕃/訳

戦慄の魔薬〈タイフーン〉を掃滅せよ!(上)

Typhoon Fury

JN208935

扶桑社ミステリー
1489

TYPHOON FURY (vol. 1)
by Clive Cussler and Boyd Morrison

Japanese translation published by arrangement with
Peter Lampack Agency, Inc.
350 Fifth Avenue, Suite 5300, New York, NY 10118 USA
through Tuttle-Mori Agency, Inc., Tokyo

戦慄の魔薬〈タイフーン〉を掃滅せよ！（上）

登場人物

ファン・カブリーヨ――――――〈コーポレーション〉会長。オレゴン号船長

マックス・ハンリー――――――〈コーポレーション〉社長。オレゴン号機関長

リンダ・ロス――――――〈コーポレーション〉副社長。オレゴン号作戦部長

エディー・セン――――――オレゴン号陸上作戦部長

エリック・ストーン――――――同航海長兼操舵手

フランクリン・リンカーン――――同特殊部隊チーム指揮官

ハリ・カシム――――――同通信長

マーク・マーフィー――――――同砲雷長

ジュリア・ハックスリー――――同医務長

ゴメス・アダムズ――――――同パイロット

マクド・ローレス――――――同乗組員

サルバドール・ロクシン――――フィリピン反政府勢力の指導者

タガーン――――――ロクシンの配下

スタンレイ・アロンソ――――内務省高官

メル・オカンポ――――――化学者

ルイス・ナバーロ――――――フィリピン国家警察上級警視

ガルシア――――――囚人護送船の船長

ベス・アンダーズ――――――美術品窃盗捜査員、鑑定家

レイヴン・マロイ――――――ベスのボディガード、元米陸軍憲兵隊捜査官

アリステア・リンチ――――――インターポール・バンコク支局駐在員

ゲアハート・ブレッカー――――南アフリカ傭兵分隊長

グレグ・ポルトン――――――生化学兵器専門家

ラングストン・オーヴァーホルト――CIA局員

プロローグ

一九四五年二月二十日
第二次世界大戦
フィリピン
コレヒドール奪回戦

トンネルが爆発した。

ダニエル・ケコア軍曹が地面に伏《ふ》せ、頭を覆ったとき、ぎざぎざの岩の入口に向けて発砲したM４シャーマン戦車が、トンネル内のすさまじい二次爆発でうしろ向きに吹っ飛んだ。重さ三〇トンの戦車が裏返しになって、砲塔《ほうとう》から着地し、残っていた砲弾が誘爆して車体が張り裂け、火の玉と化した。

周囲に落下する残骸《ざんがい》が降りやむと、ケコアはよろよろと立ちあがった。鼓膜《こまく》が破れそうな爆発のせいで、耳鳴りが起きていた。米兵十数人が、死んで横たわったり、苦痛に身をよじったりしていた。ケコアはすぐ近くに倒れている男のほうを向いた。うつろな目と胸に突き立っている大きな破片を見て、もう手のほどこしようがないとわかった。

ケコアは、何人もの死を招いた失策にむかむかして、首をふった。陸軍情報部の説明によれば、マニラ湾の入口という戦略的に重要な位置にある要塞島《ようさい》——コレヒドール——を護る敵兵が、この洞窟《どうくつ》に潜んでいるということだった。ケコアは、常軌《じょうき》を逸《いっ》した日本兵がつねに行なうバンザイ自爆攻撃を防ぐために、戦車を呼んだ。だが、洞窟の入口付近に大量の爆薬が仕掛けられていることを示すものは、なにも見当たらなかった。

ジョン・ヘイワード大尉が、侵攻前の艦砲射撃でできた無数の漏斗孔《クレーター》のひとつのそばで身をかがめていた。まだ耳を手で覆っている。ケコアは、手をのばし、ヘイワードを立たせた。丸縁眼鏡をかけた茶色の髪の痩《や》せた大尉は、ガタガタふるえていた。

「もう安全です、大尉」ケコアはいった。「前にもいったように、この戦いを無事に切り抜けられるように面倒をみますよ」もちろん、ただの空約束だが、軍の命令で大尉を託された以上、そういうしかない。

「ありがとう、軍曹。感謝するよ」ヘイワードは、目を丸くして、あたりの惨状《さんじょう》を眺めた。「なにが起きたんだ?」

「洞窟内に弾薬集積所があったんでしょう。戦略事務局《OSS》の大尉の部下は、弾薬はもっと奥に保存されているといってたんですがね」

「わたしの部下じゃない。その情報は、OSSのべつの部門から届いたんだ。私はスパイじゃない。研究分析部の研究者だ」

「騎銃《カービン》(銃身が短い型のライフル)の持ちかたからして、そんなところだと思ってましたよ」

任務前に受けた要旨説明《ブリーフィング》は、そんな情報も含まれていないくらい簡略だった。大隊長がケコアを指名し、ヘイワード大尉の世話をして、命を護り、命令に従うようにと指示した。そのほかの情報は必知事項《ニード・トゥー・ノウ》(任務に必要な情報のみを教えるという規則)だし、第二四歩兵〝ハワイアン〟師団の歩兵にすぎないケコアが知るべきことはなにひとつない。ヘイワードも、地下要塞が日本軍に破壊される前に突入する必要があると、ケコアの部隊の兵士たちに告げただけだった。

オタマジャクシの形をしたコレヒドール島とそこに据《す》え付けられた榴弾砲《りゅうだんほう》は、太平洋で最大の港のひとつがあるマニラ湾の入口を防御していた。〝巌《いわお》〟とも呼ばれていたこの戦略前哨《ぜんしょう》の島は、長さが七キロメートルで、最大幅が二キロメートルたらずだった。アメリカの自治領だったフィリピンは、太平洋戦争勃発以来ずっと日本軍の猛攻に耐え、ダグラス・マッカーサー将軍撤退の二カ月後の一九四二年五月に守備隊が降伏するまで、ここが最後の防御の砦《とりで》だった。

ケコアは、島の末端にあるマリンタ・ヒル奪回作戦の一環として、この部隊を指揮していた。岩山の洞窟内の広大なトンネル網を、病院とマッカーサーの司令部を兼ねていた幅七メートルの主通路が貫いている。そのトンネル本線から数十本の細いトンネル側線が枝分かれして、爆撃にも耐えるトンネル網が構築されている。内部の面積はきわめて広く、大規模な守備隊が数カ月の攻囲戦を持ちこたえられるだけの弾薬、食糧、水が備蓄されているだけではなく、病床数が一〇〇〇におよぶ病院まである。日本軍はコレヒドールを占領してから三年のあいだに、陣地防御を強化し、トンネルをさらに掘削して、米軍が一九四二年の降伏直前に故意に崩壊させた部分も含めて、アメリカが建設した地下要塞をさらに堅固にした。

ヘイワードの目標は、このトンネルのうちの一本にあった。

ケコアは、死傷者数十人を調べて、小隊の仲間ふたりが死んでいることを知った。真珠湾攻撃後に陸軍に移る前は、ホノルルでともに州兵として勤務していた仲間だった。その後、ニューギニアやフィリピンのレイテ島での侵攻でも肩をならべて戦ってきた。死んだ戦友は彼らが最初ではなかったし、この任務の異常さからして、最後でもないと思われた。

　爆発で洞窟の入口がふさがっていた。べつの突入口を見つけなければならない。ヘイワードの指示で、ケコアは小隊を集合させ、マリンタ・ヒルの南側を目指した。島のあちこちで小銃の銃声と砲撃の音がたえまなく響いていて、ケコアは火薬と焼けた肉の臭気に包まれた。

　あらたな位置に着くと、ケコアとヘイワードは、たこ壺《つぼ》のなかでしゃがんで、強襲計画を練った。

　ケコアが命令を求めると、ヘイワードは口ごもってからきいた。「きみの提案は？」

「戦闘経験がないんですか、大尉？」

「答はわかっているだろう。わたしはできあがったばかりの国防総省《ペンタゴン》のオフィスで働いていた。銃火《じゅうか》を浴びることはおろか、アメリカを出たのも、これがはじめてだ」

「国防総省では、どういう仕事を？」

「わたしは生化学者なんだ」

「それがなんなのかもわかりません。わかってるのは、敵を掃討《そうとう》する前に洞窟内にはいるのは、自殺するようなものだということだけです」

ヘイワードが、おもしろくもなさそうな笑みを向けた。「無事に切り抜けるように面倒をみると、約束したばかりじゃないか」

「精いっぱいやりますよ、大尉。でも、ここの守備隊は正気じゃないですからね。よその大隊のやつがいってたんですが、日本兵は、爆弾をつけたチョッキを着て、カミカゼ攻撃式に突進してくるそうです。洞窟にできるだけ近づいて、入口にガソリンを撒《ま》き、火をつけてから入口をふさぎ、なかの酸素がなくなるようにするというのが、われわれの戦闘計画です」

「だからこそ、この任務を成功させるには、それをやる前になかにはいらなければならないんだ」ヘイワードは、まわりを見てから、ほかの兵士に聞こえないように声をひそめた。「わたしだって、こんなところへ来たくはなかった。ヴァージニア州の郊外に、いい家があって、妻と子供ふたりがいるんだ。戦争がはじまる前は、ジョージタウン大学の教授だった。戦闘員じゃないんだ」

「それじゃ、どうしてここにいるんですか、大尉?」

ヘイワードは、あきらめたように溜息《ためいき》をついた。「詳しいことはいえないが、きみはわたしのために死ぬかもしれないんだから、知っておく資格があるだろう。この戦争の行方はきみにもわかるだろう?　わが軍は、太平洋を島伝いに北へと進撃している」

ケコアはうなずいた。

「ヨーロッパの戦争はほぼ終わりかけている。ドイツが降伏するのは時間の問題だ。つまり、アメリカはまもなく全資産をこの方面にふり向ける。無条件降伏以外は受け入れないと、政府はいっているから、太平洋での最終目標がなんであるかは、わかるだろう?」

「日本侵攻ですね」

「そうだ。まわりを見ろ。われわれはこの小さな岩の上ですら、寸土《すんど》を得るために、必死で戦っている。国民すべてが崇《あが》めている天皇のために死ぬまで戦うと決意している日本本土を占領するのが、どれほど厄介か、想像はつくだろう」

ケコアは、眉《まゆ》をひそめた。「だれだって日本の海岸に上陸するのはごめんですが、戦争を終わらせるのにそうしなきゃならないのなら、その覚悟はありますよ」

「わたしの研究班は、ここのトンネルにあるもののせいで、日本本土占領の代償は想像以上に凄絶《せいぜつ》になると確信している」

ケコアは、信じられないという顔でヘイワードを見てから、まわりの惨状を両腕で示した。「こんなものじゃないというんですね?」

　ヘイワードが、重々しくうなずいた。「日本侵攻の被害を予想して、軍が名誉戦傷章《パープル・ハート》を五十万個製造させているという噂を、聞いたことがあるだろう？」

「ただの噂でしょう」

「事実だ」生化学者の大尉は、洞窟要塞を指差した。「しかし、あそこにあるものについての推理が正しかったら、五十万個では足りないだろう」

　ケコアが、険しい顔でヘイワードにうなずいてみせた。「あそこへお連れします。洞窟内では、どこを目指せばいいのですか？」

「ありがとう、軍曹」ヘイワードはいった。「海軍トンネルの研究室を探す。日本軍が攻め込んだ際に崩壊したかもしれないが、そのあとで掘り起こされた可能性もある。山の南側に小さな入口があるはずだ」地図を出して、その場所をケコアに教えた。ケコアが眉間《みけん》に皺《しわ》を寄せて、自分の地図をたしかめた。

「おれの地図では、そこに入口はありませんが」

「わたしを信じろ」ヘイワードはいった。「入口はある。日本軍がふさいでいなければ」

　ヘイワードは人事記録を見ていただろうし、母親が日本人だというのは知られているはずだと、ケコアは思った。〝ハワイアン〟師団の兵士の多くが、日本人の親を持つ。だが、裏切られるのをヘイワードが心配しているようすはまったくなかった。ケコアのヘイワードへの評価が、それですこし高まった。

ケコアは、ヘイワードが地図で示した場所へ、用心深く部下を誘導していった。果たせるかな、砲撃でも破壊されなかった低木に隠れて、洞窟の入口がそこにあった。ヘイワードに教わらなかったら、ぜったいに見つからなかったはずだ。

ケコアは、ふたたび戦車の支援を要請し、すかさず承認されたのでびっくりした。ヘイワードには、本人が気づいていないくらい強い影響力があるようだ。

シャーマン戦車が、ふたたび洞窟の入口に向けてガタゴトと進んでいった。今回は、砲撃前に身を隠すようにと、ケコアは兵士たちに命じた。戦車が榴弾を一発、洞窟内に撃ち込んだ。二次爆発はなかった。洞窟内にだれかがいれば死んだはずだが、ケコアは念を入れて戦車に命じ、さらに三発を撃ち込ませた。

つぎに、火炎放射器チームを呼び、小隊の兵士にそのあとにつづいて突入するよう命じた。五、六メートルごとに炎の奔流《ほんりゅう》が前方へと噴出し、隠れ潜んでいる日本海軍陸戦隊の兵士を制圧して、進路を切り拓いた。真っ暗な洞窟のなかが、そのときだけ明るくなった。

洞窟にはいるときに、表の陽光でシルエットになるのをケコアは怖れた。ふりかえると、ヘイワードがカービンをまるでお守りでもあるかのように握りしめていた。

「交差しているところが、二カ所あるはずだ」ヘイワードがささやいた。「右側に」

ケコアは、進みつづけるよう部下に合図し、やがてトンネルが交差している個所に達して、曲がった。五、六メートル進んだところで、漆黒《しっこく》の闇のトンネルの向こうから、死を告げる女妖精《バンシー》の叫びを思わせる悲鳴が響き、重い足音がそれにつづいて聞こえた。

「火炎発射！」ケコアはどなって、ヘイワードをひっぱり、地面に伏せた。

火炎放射器が轟音《ごうおん》をたて、点火された液体の太い炎がトンネルの奥めがけて噴き出した。突進してくる日本兵をそれで阻止できるはずだったが、日本兵は猛火《もうか》を浴びても平然と近づいてきた。数人の日本兵が、炎の壁をまるで弱い風でも受け流すように突っ切り、火炎放射器を操作していた兵士とその相棒に跳びかかった。相棒が掩護《えんご》射撃を放つ前に、日本兵は体に火がついたままで、火炎放射器を持った兵士と相棒を銃剣で荒々しく突き刺した。

火炎放射器チームを救うすべはないと見てとったケコアは、大声で命じた。「射撃開始！」

撃てる位置にいた兵士すべてが、トンネルの奥へ銃弾を送り込んだ。ヘイワードまでもが撃っていた。

それでも日本兵は近づいてきた。被弾しているのがケコアには見えていたが、信じられないことに、日本兵はまるでスーパーマンのように、倒れもしなかった。

ケコアは膝《ひざ》立ちになり、突進してくるいちばん近い日本兵の頭を撃った。日本兵が、炎に包まれたままでどさりと倒れた。やはり不死身ではないようだった。

ケコアはふたり目のほうを向いたが、狙いが定まる前に、その日本兵が襲いかかった。ケコアは短機関銃《サブマシンガン》で銃剣を防ぎ、日本兵の腹を思い切り膝蹴《げ》りした。まったく効き目がないようだった。

薄暗がりで、ケコアは細かい部分を見てとった。この陸戦隊員たちは、島の他の場所で米兵に向けて突撃してくる餓《が》死《し》寸前の日本兵とは、まったく異なっていた。ボディビルダーのように筋肉隆々《きんにくりゆうりゆう》だし、目をちらりと見るだけで、野獣みたいに血に飢《う》えているのがわかった。

銃剣が喉《のど》に迫ってくるのを、ケコアは察した。敵兵は負傷しているのに、押し戻すことができなかった。

そのとき、日本兵の頭ががくんと横に曲がり、銃声が右で鳴り響いた。敵兵が倒れてもなお、ヘイワードはカービンを構えたままだった。

ケコアが礼をいうひまもなく、日本兵の最後のひとりが、ヘイワードに襲いかかり、山刀《マチェーテ》で切りつけた。ヘイワードが悲鳴をあげて、地面に倒れた。ケコアがサブマシンガンの残弾をすべて撃ち込むと、日本兵はようやく倒れて動かなくなった。米兵たちはつぎの攻撃に備えたが、もうだれも襲ってこなかった。

火炎放射器の炎がまだ残っていて、あたりを見ることができた。ケコアは、脇を押さえているヘイワードのそばでしゃがんだ。指のあいだから血がにじみ出ていた。

ケコアは、ヘイワードの体を起こした。「衛生兵のところへ連れていかないと」トンネルの入口にひきかえそうとしたが、ヘイワードにとめられた。

痛みに顔をゆがめながら、ヘイワードがいった。「だめだ。その前に……トンネルにあるものを見る」ケコアがためらうと、ヘイワードはいった。「命令だ、軍曹」

ケコアは渋々ヘイワードの体を支えて、ともにトンネルの奥へ進んだ。兵士二人が先に立ち、そのうちのひとりが死んだ兵士の火炎放射器を持った。

三〇メートルほど進むと、研究所があった。そこにある装置がなんであるのか、ヘイワードにはわかったはずだった。書類戸棚がいくつかと、書類が散らばっている机一台があった。トンネルのどこかから、シューッというかすかな音が聞こえていた。

「わたしのカメラを」ヘイワードがいった。「背嚢《はいのう》にはいっている」

ケコアが手を入れて、フラッシュ付きのカメラを出した。ヘイワードを他の兵士に任せて、装置の写真を撮った。フラッシュがひらめいたとき、トンネルの奥の天井にくっついているものが見えた。

「あれはなんだ？」ケコアは部下にいった。部下が懐中電灯を持って、調べにいった。そこが照らされると、くだんのシューーッという音の正体に気づいて、ケコアはぞっとした。天井にはくすんだ灰色の棒が何本もくくりつけてあり、〝爆薬〟という漢字が見分けられた。導爆線がシューーッという音をたてて燃えていた。

「爆薬が仕掛けられている！」ケコアは叫んだ。「全員、ここを出ろ！」

「だめだ！」ヘイワードが命じた。「情報が必要だ！」机のほうへ跳び出して、ケコアに引き離される前に書類綴《つづ》りをわしづかみにした。

兵士ひとりの手を借りて、ケコアはヘイワードを両側から抱え、表に向けて必死で駆けた。肺が焼けるように痛くなったが、何千トンもの石で生き埋めになることを想像して、進みつづけた。最後尾で洞窟を出たとたんに、地下要塞全体が、火山のように噴火した。爆発の衝撃で、全員が地面に薙《な》ぎ倒された。

爆薬はべつのトンネルの爆薬にもつながっていたようで、余震のような衝撃が何度も響いて、岩山全体が揺れた。木が根こそぎになり、岩が斜面を転がり落ちて、土煙が濛々《もうもう》と立ち込め、一五メートル四方より先は見通せなかった。

ヘイワードがそばでうつぶせになっているのに、ケコアは気づいた。身動きしていない。ケコアがヘイワードを仰向《あおむ》けにすると、息をしているとわかった。洞窟から持ってきた書類綴りを、いまなお握りしめている。

「衛生兵！」ケコアは叫んだ。「衛生兵を呼べ！」ヘイワードのほうを見おろすと、目があいた。「大尉、しっかりしてください」

「だいじょうぶだよ」

「その書類のせいで、みんな死ぬところだった」

「持ってこなければならなかった」ヘイワードはいった。表紙の日本語の横の写真を指で叩《たた》いた。なにかの植物の葉のようだった。「表紙になんて書いてあるか、教えてくれ」

「それはあとでも……」

「いや、だめだ」苦しげに呼吸しながら、ヘイワードはいった。「だからきみを選んだんだ。日本語がわかるから。教えてくれ、頼む」

ケコアは、衛生兵が走ってくるのを見て、ヘイワードの好きなようにしてやることにした。

「台風計画と書いてあります。七三一部隊士気昂揚部」七三一部隊と聞いて、血の気がなかったヘイワードの顔が、いっそう蒼白《そうはく》になった。なぜなのかケコアにはわからなかったが、生化学者のヘイワードは明らかに怯《おび》えていた。

衛生兵がヘイワードの傷の手当てをして、モルヒネを注射した。薬が効きはじめると、ヘイワードはぶつぶついった。「どこ……どこにある?」

「士気昂揚部が、ですか?」

ヘイワードはうなずき、かすかに目をあけた。

「駐屯地名は書いてありません。それが知りたいのでしたら」ケコアはいった。「でも、都市名は書いてあります」

「東京か?」

ケコアは首をふった。「広島です」

1

現在
ベトナム

エディー・センは、指示されたとおり、ダナン国際空港の到着エリアの外で、歩道に立っていた。現代的な施設の日よけで午後三時過ぎの陽光は避けられたが、薄手のウールのスーツを着ていたので、むしむしする七月の暑さはほとんどしのげなかった。予想どおり優雅な黒いリムジンが現われて、そばでなめらかに停止した。エディーは高級車には詳しいので、最高級の外車、メルセデス・マイバッハV12だとすぐに見分けた。

制服姿の運転手が、車の前をまわってきて、大きなドアをあけた。エディーはきらびやかな車内にはいって、生きてここを出られるだろうかと思いながら、クリーム色の柔らかい革のシートに座った。

うしろ向きのミドルシートに座っていた黒いスーツの男が、金属探知機をエディーの体に当てて、武器を探した。エディーは指示どおり、武装していなかった。リアシートのエディーのとなりには、中国国家安全部《MSS》の工作員、仲淋《チョン・リン》がいて、車が走り出すと、鋭い目でエディーを睨《にら》んだ。仲はスーツではなく黒いTシャツとズボンを着ていて、薄い唇に細かい皺があった。長年、煙草を吸いつづけてきたせいだ。仲はしばし無言で、台湾人の売国奴《ばいこくど》デイヴィッド堯《イアオ》だと見なしている男を、ただ品定めしていた。

エディーは、じっさいにはニューヨークのチャイナタウン育ちで、両親から北京語と英語を教わった。どちらもふだんは訛《なま》りがほとんどないので、台湾人らしく話せるようになるために、台湾の首都台北《タイペイ》に二週間いた。

エディーは、CIA局員だったときはほとんどずっと、中国本土で長期潜入工作員をつとめていたので、役柄を演じるのはお手の物だった。しかし、中国の情報機関MSSの人間とこんなに間近で顔を突き合わせるのは、CIAの偽装がばれてアメリカに逃げなければならなかったとき以来、はじめてだった。お尋ね者の逃亡者として、エディーは不在死刑を宣告され、中国の官憲に顔を知られている。仲淋に正体を疑われたら、手錠《てじょう》と足枷《あしかせ》をかけられてベトナムから北京に護送され、たちどころに処刑されるにちがいない。

エディーのいまの変装は、それを防ぐためのものだった。ほんとうのデイヴィッド堯は、台湾でもっとも暴虐《ぼうぎゃく》なギャングで、三合会に属する〝幻龍《ゴースト・ドラゴン》〟の構成員だった。堯は数々の強奪、恐喝、殺人計画の首謀者だと見られていたが、手足を切断された死体が海に浮かんでいるのを、二週間前に米海軍艦が発見した。その死体がエディーがいま従事している作戦に役立つとＣＩＡが気づき、台湾当局への通報を遅らせるよう海軍に要請した。

堯はエディーとおなじように三十代なかばで、スポーツ選手のような引き締まった体格だったが、きょうだいかと思われるほどには似ていない。変装を完成させるには、顔をかなり変容させる必要があった――鼻をひらたくして、顎《あご》を太くし、目の形を変え、口髭《ひげ》と顎鬚《ひげ》を生やし、両腕と首に偽のタトゥーを描かなければならなかった。

しばらくして、仲が北京語でいった。「おれたちがほしい情報を知っているんだな？」

正体を見破られずにすんでエディーはほっとしたが、顔には出さなかった。「確認済みだ。列車で交換される。座席をぜんぶ予約してあるから、他の乗客は乗らない。

乗務員はすべてベトナム人で、三合会に雇われ、買収されている」

「場所は？」

「ダナンとフエのあいだのどこかだ。おれが連中を迎えにいくことになっている。列車が着いたら駅で落ち合えるように、どの列車かをメールで知らせてくる」

「で、幻龍はメモリー・スティックを持ってくるんだな？」

エディーはうなずいた。ＭＳＳとの交渉を開始するにあたって、エディーはＵＳＢメモリーに保存されている情報の一部を伝えた。外部ではごく少数の人間しか知らないはずの情報だった。台湾の幻龍は、本土の共産主義政権を敵視していて、大胆にもＭＳＳの伝書使からメモリー・スティックを奪った。エディーは、祖国台湾だけではなく三合会の同胞《どうほう》も裏切るという役柄を演じていた。

「どうしてこういうことをやるんだ？」仲がきいた。

「理由はわかっているはずだ」エディーは答えた。「五百万ドルのためだ」

「台湾には帰れないぞ。これが済んだら。だれが裏切ったか、三合会にばれる」

「帰るつもりはない。幻龍ではまともに出世できないのが、だいぶ前からわかっていた。オーストラリアのメルボルンで女を見つけて住むつもりだ」

仲が肩をすくめた。「おまえが国を売るというんなら、よろこんで金を払ってやろう」スマートフォンの画面にタッチしてからいった。「二百五十万を、おまえの口座に送金した」

エディーはスマートフォンで調べ、送金が済んでいることを確認した。「残りは？」

「メモリー・スティックを取り戻してからだ」

メルセデスは高速道路には向かわず、空港の自家用機用の区画を目指した。

「どこへ行く？」エディーはきいた。「おれを駅まで送るはずじゃなかったのか」

仲が、にんまりと笑った。「おれたちが交換の現場を襲撃することを、おまえが同胞に知らせては困るからな」

「いまもいったとおり、あいつらとは手を切る」

「口ではそういうが、一度仲間に嘘をついた人間を、おれが信じるはずがないだろう」

メルセデスは、ユーロスターAS350ヘリコプターのそばでとまった。ヘリのローターがまわりはじめた。その横にも、黒ずくめでアサルト・ライフルを持ち、巻いたロープを用意した男たちがぎっしり乗っているヘリコプターがとまっていた。

「おまえが台湾で軍隊経験があるのは知っている」仲がいった。「メモリー・スティックがまちがいなく手にはいるように、いっしょに来てもらう」もうひとりの工作員がエディーのスマートフォンを取りあげ、金属探知機で体をなぞって、通信機器を持っていないかどうかを調べた。電子音が鳴らなかったので、仕掛けはなにもないと工作員は納得した。

一行が乗り込むと、ヘリコプターはすぐに離陸した。エディーは中国人工作員に挟まれて座り、仲は前で機長の横の席に乗っていた。

「これからなにをやるんだ？」エディーは、ヘッドセットを使ってきいた。

「向こうに着いたらわかる」仲がいった。「アメリカはメモリーにいくら払う？」

「幻龍は一億を要求したが、アメリカはその半分に値切った」

「五千万か？　買い手は二カ国しかいないんだから、悪くない。わが国かアメリカだ。それに、むろん三合会はわれわれにおなじ取り引きを持ちかけはしなかった。メモリーのデータがアメリカの手に渡らないのを願っておいたほうがいい」

エディーは、その脅《おど》しに怯えたふりをした。「しかし、幻龍がメモリーをコピーして、あとでアメリカに売るようなことになったらどうする？」

仲が首をふった。「ありえない。メモリーには特殊な暗号化がほどこされている。中国の安全な場所にあるメインフレーム・コンピュータにしか読めない。メモリー・スティックのファイルをやつらが読もうとすると、自動的に消去されて別の情報が上書きされ、データは回復できなくなる。幻龍が読もうとしてくれたら、かえってありがたいくらいだ。私の抱えている問題は消えてなくなる」

「では、どうしてアメリカがほしがっているんだ？」

「読める可能性があるコンピュータ・システムが、やつらのところにもあるからだ。しかし、そのコンピュータは現在、フォート・ミードの国家安全保障局《NSA》にある。メモリー・スティックがアメリカ本土に持っていかれる前に取り返せば、データが暴かれることはないわけだ」仲がふりむいて、エディーの顔を見た。「だからこの急襲におまえを連れていくんだ。メモリー・スティックがおまえのいうところになかったら、どこにあるかをわたしが探り出すまで、おまえはとてつもない苦痛を味わうことになる」

エディーは生唾《なまつば》を呑《の》み、目を丸くして、怯えているふりをした。

「ちがう話をする気になったか？」仲がきいた。「任務が失敗したあとではなく、いま話せば、許してやろう」

エディーは、激しく首をふった。「誓う。取り引きは、おれがいったとおりの場所で行なわれる」

仲が、エディーのスマートフォンを差しあげた。「メールがちゃんと届くことを祈るんだな」

ヘリコプター二機は、海岸沿いをくねくねとのびている線路と平行して、山地のジャングルの上を低空飛行した。数分後に、二機とも谷間《たにあい》のひらけた場所に着陸した。

仲とエディーを含む男八人がおりると、ヘリコプターは離陸した。

エディーは、まごついてあたりを眺めた。そこはなにもない僻地《へきち》のようだった。

「こっちだ」仲がいった。

八人は熱帯林を十分ほど歩き、やがて海を望む斜面に達した。ずっと下のほうで、線路がトンネルにはいって見えなくなっていた。

「あそこまで行く」仲が、トンネルの入口を指差した。

巻いたロープを持ってきたわけがわかった。ヘリコプターから列車に乗り移ろうとすると、何キロメートルも離れていても、接近していることがばれる。トンネルから出てきた列車に、ロープを使って静かにおりるほうが、ずっと隠密性が高い。

「せめて銃を持たせてくれないか？」トンネルの入口に向けて進むときに、エディーは七人にきいた。

仲がぞっとするような笑い声をあげた。他の六人も笑った。一行は歩きつづけた。

仲が手ぶらで北京に帰ったら、部下もろとも失敗の責任をとらされて銃殺されるにちがいないと、エディーにはわかっていた。アメリカの手に渡らないように彼らが取り戻そうとしているメモリー・スティックには、現在、アメリカで活動している中国のスパイ全員の名前その他の情報が保存されている。

2

フィリピン

疾風《スコール》は、ルイス・ナバーロ上級警視の予想よりも早く襲ってきた。予報では発生するのは日没後だといっていた。全長二七メートルの船の風防ガラスを風が揺さぶり、滝のような雨を叩きつけた。視界が悪かった。ナバーロは後方のネグロス島のほうをふりかえったが、もうドゥマゲの街明かりは見えなかった。GPS装置によれば、目的地のミンダナオ島ダピタンまで、まだ三〇海里もある。

ガルシア船長が一等航海士に、エンジンの回転を絞るよう指示した。左右の小型護衛船二隻《せき》が、その減速に合わせて速力を落とした。それぞれの護衛船で甲板《かんぱん》の機銃に配置された警官が、土砂《どしゃ》降りの雨で濡れネズミになっていた。

「なにをしている?」ナバーロはどなった。「速力を落とすな」

一等航海士が、ガルシアの顔を見た。老練な船乗りのガルシアが、命令に反対されるのを嫌っているのは明らかだった。「警視、こういう状況で全速力を出すと、浸水のおそれがあるんだよ」

ナバーロはガルシアよりも若く、小柄だったが、恫喝《どうかつ》には負けなかった。「フィリピン国家警察長官が、この任務を指揮するよう私に命じた。その私が、全速力に戻せと命じているのだ」

「あんたは任務を指揮しているかもしれないが、これはおれの船だ。ミンダナオへ行きたいのか、どうなんだ？　長官がここにいたら、死にたくないと思うだろう」

「だれを乗せているのか、知っているはずだ」ナバーロはいった。

ガルシアがうなずいた。「おれだってあいつを早く船からおろしたいと思ってる。だから、船のことはおれに任せろ」

ナバーロはぶつぶついったが、それ以上無理強いはしなかった。フィリピンの船はよく沈没してニュースになる。人口一億人以上が、フィリピンという国を構成する七千もの島に分かれて住んでいる。商業も交通も、ほとんどが海を介して行なわれている。毎年数十隻が沈没していて、その多くはこういう暴風雨が原因だった。

この作戦の計画を変更する余裕はなかった。囚人サルバドール・ロクシンは、フィリピンの最重要指名手配犯で、フィリピンの民主的な政権を転覆《てんぷく》させることを目論《もくろ》んでいる共産主義反政府勢力、新人民軍から分裂した一派の頭目だった。政府と反政府勢力の話し合いが長引き、膠着《こうちゃく》状態が何年もつづくうちに、ロクシンは業《ごう》を煮やした。政府高官や政府の施設を目標にしたロクシンのテロ活動で、数十人が死に、建物が何棟も破壊された。活動資金をどこから得ているのかは、いまもって謎だったが、ロクシンを厳重な警備の取調室に入れたらすぐに口を割らせると、ナバーロは決意していた。

匿名の密告のおかげで、ネグロス島のカバンカランでロクシンを捕らえた。しかし、ネグロス島にはロクシンに忠実な反乱分子が数千人いるので、連れ出すのがきわめて危険だった。最初は空路でフィリピンの首都マニラに護送しようとしたが、反乱分子が空港を攻撃した。ロクシンは奪回されなかったが、飛行機が損壊し、警官三人が死亡した。

つづいて、べつの飛行場から空路で護送するふりをする陽動作戦が行なわれた。それと同時に、ロクシンを陸路でドゥマゲに運び、そこで三隻の船が待っていた。ミンダナオ島は反政府勢力がすくないので、そこまで船で行ってから空路で護送するほうが安全だろうと考えられたのだ。

ベルトのウォーキイトーキイから、甲高《かんだか》い声が聞こえた。パニックを起こしているようだった。「ナバーロ上級警視、早くこっちへ来てください！」

「どうした？」ナバーロは応答した。

「トーレス巡査が死にました」

嵐のことでは用心しながらも平静だったガルシア船長が、それを聞きつけて、恐怖を顔に浮かべ、ナバーロのほうを見た。一等航海士のそばへ行くと、ガルシア船長はスロットルをすこし押した。

「いま行く」ナバーロはいった。

梯子《ラッタル》を二段ずつ下って、船艙《せんそう》へおりていった。その漁船は、囚人護送用に警察が改造していた。サバやマグロを保存する冷凍庫の代わりに、鉄格子《てつごうし》をはめた独房がいくつか据え付けられていた。鋼鉄のベンチに囚人がひとり座れるだけの、狭い独房だった。

その船艙に行くと、トーレスが独房のひとつの前で、手足をひろげて甲板に倒れていた。首が不自然な角度に曲がり、目を見ひらいたままだった。その向こうに、警官ふたりが立っていた。

ナバーロは大股《おおまた》に進み、おろおろしている警官をどなりつけた。「なにがあった？」

年配のほうの警官が、不安げに独房をちらりと見てから、ナバーロに目を向けた。「トーレスは便所に行こうとしていました。どうやらおれたちは、ほんのちょっと目を離していたみたいで、気づいたときには首が折れて倒れていました」

ナバーロは、船艙内のただひとりの囚人のほうを眺めた。サルバドール・ロクシンは、目を閉じて、幸せそうな笑みを浮かべていた。シャツの袖《そで》は縄を綯《な》ったような筋肉ではちきれそうだし、前腕の血管が皮膚の下で破裂しそうに見えた。黒い髪が額《ひたい》にかかり、顔を流れる汗の玉とからみあっていた。

ナバーロは怒り狂って部下を睨みつけ、ロクシンのほうに一本指を突きつけた。「独房に近づくなと注意したはずだ」

「でも、トーレスが立ちあがったとき、やつは眠っているように見えました」若いほうの警官が、口答えをした。「鉄格子ごしに首を折るなんて、できるはずがない」

ナバーロは、トーレスの脚をまたいで、独房に近づいた。警官ふたりが銃を構えて掩護した。

「どういうことなのか説明しろ、ロクシン」ナバーロはいった。

ロクシンが、聞いたことがないような方言で返事をした。フィリピンには、百七十種類以上の土着の言葉がある。ナバーロが知っていたのは、公用語の英語とタガログ語だけだった。「やめろ、ロクシン」ナバーロは英語でつづけた。「おれの言葉が通じているのはわかっている」

ロクシンが目をあけた。虹彩《こうさい》がどす黒く、瞳孔《どうこう》の黒い闇に溶け込んでいるように見えた。ナバーロは、ロクシンの凝視《ぎょうし》の力に押されて、よろめきそうになった。邪悪なまなざしが、魂《たましい》の底まで突き刺さるような気がした。

「おれはもう死んだ身だといっただろうが」

ナバーロは落ち着きを取り戻し、しっかりした声で応じた。「おまえがどういう罰を受けるかはわからないが、犯した犯罪の報いは受けるしかないだろうな」

「報いはもう受けたんだよ、ナバーロ警視。あんたにはとうていわかるはずもない高い代償を払って」ロクシンが、また目を閉じた。

ナバーロはあとずさり、警官ふたりがトーレスの遺体を動かしそうなそぶりをした。

「そのままにしておけ」ナバーロはいった。「囚人を船からおろしたあとで処置する」

警官ふたりが、驚いてナバーロの顔を見たが、命令に反対しようとはしなかった。

「あの男をどうしますか?」ライフルでロクシンのほうを示しながら、年配の警官がいった。

「目を離さないようにしろ。訊問《じんもん》のために生かしておきたい。必要とあれば怪我はさせてもいいが、殺すな」

「わかりました」警官ふたりが答えた。

突然、機関が無負荷運転《アイドリング》になり、這《は》うような速力に落ちた。

「こんどはなんだ?」ナバーロはつぶやき、急いで船橋《ブリッジ》に戻った。

ブリッジにはいると、ガルシア船長が無線機で通信しながら、風防ガラスの外を覗《のぞ》き込んでいた。一等航海士が舵輪《だりん》をまわし、目的地とはちがう方向へ回頭させていた。

「フェリーで火災が起きたらしい」ガルシアが、受話器に向かっていった。「生存者が海にいて、船内にもいる。到着までどれくらいかかる?」

ナバーロは、ガルシアの視線を追い、浸水している船を見つけた。左舷《さげん》前方で、一海里以上離れている。自動車用フェリーの幅広い船尾がすでに海に没し、上部構造から煙が噴き出していた。海に生存者が二十人以上いるのが見え、救命胴衣を着けているものもいたが、あとは波にもまれながら必死で浮こうとしてもがいていた。

「いちばん近い哨戒艇《しょうかいてい》でも一時間以上かかる」無線から声が聞こえた。沿岸警備隊の隊員にちがいない。「近くに救援できる船がいたら伝える」

「ありがとう。おれたちもできるだけおおぜい救助する」ガルシアが受話器を置いて、生存者のいるほうへ行くよう、一等航海士に命じた。

ナバーロは驚愕《きようがく》した。「なにをする気だ？」

ガルシアが、唖然《あぜん》としてナバーロを見た。「遭難した船の乗客と乗組員を救助する。海洋法で決められていることだ」

運動性能のいい小型の護衛船が、すでに事故現場に着いて、生存者を船上にひっぱりあげていた。

「船をとめるな」ナバーロは命じた。「進みつづけて、命令どおりこの任務を終えるんだ」

「あんた、正気か？　生存者を置き去りにして死なせることはできない！」

「下ですでに警官ひとりが死んでいる。ロクシンは悪賢く凶暴だ。この船に一般人がおおぜい乗ったら、どういうことが起きるか、わからないのか？」

「甲板にいさせる」

「だめだ。乗せれば部下が見張るのに邪魔になる。ぜったいに許さない」

「この船の船長としての責務をないがしろにするわけにはいかない。生存者が溺《おぼ》れ死ぬのを見過ごしにはできない」ガルシアが、一等航海士のほうを向いて、難破した船に向かうよう命じた。

ナバーロは、着装武器の拳銃に手をかけた。武器を使いたくはなかったが、ガルシアのせいでそうするしかなくなった。ロクシンが大きな脅威だというのを、ガルシアはまったく理解していない。

だが、ナバーロが拳銃を抜く前に、無線から甲高い悲鳴が響いた。

「護送船1《トランスポート・ワン》、こちら護衛船1《エスコート・ワン》！　これは罠だ。フェリーの乗客じゃない！　やつらに乗っ取られたが、おれが破壊工作を――」銃声で通信がとだえ、無線からはなにも聞こえなくなった。

ナバーロがフェリーに目を戻すと、エスコート1が回頭して、ひきかえしてくるのが見えた。一八〇メートルしか離れておらず、甲板に私服の男がひとりいた。その男が、甲板の機銃をナバーロたちの方角に向けようとしていた。

「伏せろ！」ナバーロは叫び、ガルシアに体当たりして、甲板に押し倒した。三〇口径弾がブリッジを穴だらけにして、ガラスを砕き、一等航海士が死んで船長席に倒れ込んだ。

「ここから脱出しろ！」ナバーロは叫んだ。

目を凝《こ》らすと、エスコート1の船体が揺れ動き、そして爆発した。無線で知らせてきた警官が死ぬ直前に破壊工作を終えたにちがいない。

ガルシアがよろよろと立ちあがり、スロットルをめいっぱい押し込んだ。

「銃撃で航法コンピュータが壊れた。コンパスに頼るしかない」

ナバーロが双眼鏡を持ちあげて覗くと、エスコート2が接近してくるのがわかった。機銃にひとりが配置され、射程にはいったら撃とうとしていた。「ダピタンまでどれくらいかかる？」

「この海では、一時間以上かかる。あの小型船よりは速く進めるかもしれない。スコールがいつまでつづくかによる」

ナバーロは、ガルシアと沿岸警備隊のやりとりを思い出した。「監視船が来る方向に向かって進んだほうがいい。無線機をよこせ」

ガルシアが、無線機の受話器を拾いあげ、情けない笑い声を発して、ナバーロのほうに投げた。銃弾の穴があいていた。

新米警官でもないのに待ち伏せ攻撃を食らったのが口惜《くや》しく、ナバーロは隔壁《かくへき》に受話器を投げつけた。

ウォーキイトーキイを持ち、護衛船内の警官たちに向けていった。

「こちらナバーロ警視。生存している部下全員に告げる。発砲、射殺を許可する」

3

ベトナム

巨大なディーゼル機関車が北から姿を現わし、フエ郊外にある踏切に近づくと、速度を落とした。ファン・カブリーヨは、機関車のほかに客車が九両あるのを見てとった。幻龍の指示で、カブリーヨとエリック・ストーンは列車に飛び乗ることになっていた。列車をとめて注意を呼び覚ますのは望ましくない。

エリックがあたりの家を見て、見物している人間がいないことをたしかめ、カブリーヨはフエで買った使い捨てのプリペイド携帯電話をもう一度見た。エディーからのメッセージはない。つまり、スマートフォンを奪われたか、連絡できない状況に置かれているのだ。

「近くにいる味方の潜入工作員《モグラ》から、まだなにもいってこない」カブリーヨはいった。

「地面にモグったのか？」

カブリーヨをはじめとする〈コーポレーション〉の工作員は、全員が太腿《ふともも》に追跡用の皮下マイクロチップを仕込んでいる。電源は体のエネルギーで、一分ごとに位置情報電波を発し、通常の発信装置探知機では発見できない。ＧＰＳ技術により、エディーの位置は数十メートルの誤差で検出できる。

エリックが、タブレット・コンピュータで確認した。「見つけました、会長。チップの最新の電波は、ここの一五キロメートル南の線路近くからです」

「中国人はそこでわれわれを迎え撃つつもりにちがいない。それまでに交換を終える必要がある」

中国国家安全部《ＭＳＳ》の工作員に通信を傍受されていると、想定しておかなければならない。カブリーヨはエディーに、列車の情報をメールで送った。

機関車＃９７３６。二分後にファントゥイーを通過。

カブリーヨは携帯電話をアスファルト舗装《ほそう》に落とし、足でバラバラに踏み砕いた。

エリックはそれを見ていたが、なにもいわなかった。エディーの手先を演じている自分たちがまだ列車の幻龍に合流していないことを、カブリーヨはＭＳＳに知られたくないのだ。

〈コーポレーション〉が引き受ける任務はおしなべてそうだが、今回もクライアントがみずから行なうことができない仕事だった。カブリーヨは、ＣＩＡ現場工作員を辞めたあと、かつての雇い主が実行できないような作戦を行なう傭兵《ようへい》組織を創設した。ＣＩＡには、そういう仕事をやる能力が欠けていることもあるし、失敗したときにうまく否認するのが難しいこともあるからだ。〈コーポレーション〉は、アメリカの権益に反しなければ、他のクライアントの仕事も引き受ける。

きょうの任務は、トップからの直接の指示によるものだった。

幻龍が台湾の裏チャンネルを通じてアメリカ政府に接触し、取り引きを提案したとき、幻龍が引き渡すというメモリー・スティックに、アメリカ国内で活動しているＭＳＳ秘密工作員の名前その他の情報が保存されているというのは疑わしいと、ＣＩＡは考えた。問題は、現場でメモリー・スティックの内容を確認できないことだった。国家安全保障局《ＮＳＡ》は、中国が国家機密に属する情報の移送に自動消去技術を使用していることを、だいぶ前から知っていた。だが、そのコードを解除するには、そのためにＮＳＡが設計した巨大なスーパーコンピュータを使うしかない。ノートパソコンでメモリーの内容を確認しようとすると、ファイルが消去されて上書きされてしまうので、納税者のお金五千万ドルと引き換えに得られるのが、中国の国家機密に属する情報なのか、それとも国家主席の買い物リストなのか、判断のしようがない。

そこでメモリー・スティックの内容を確認するために、エディーがじかにMSSと接触しなければならなくなった。エディーが教えた情報をもとに、中国の情報機関は、メモリー・スティックと現金が交換されるときに襲撃して、メモリーを取り返すという、リスクの高い作戦を実行することを決定した。その時点で、幻龍の売るメモリーに中国の機密情報が保存されていることが確実になった。

交換のルールは、あんがい単純だった。列車が踏切で減速したときに、カブリーヨとエリックが最後尾の車両のデッキに跳び乗る。なかごろの食堂車まで進むあいだ、すべての車両に監視カメラがあり、幻龍に監視される。武器は持たない。ふたりだけで、武装していないことが確認されれば、交換が行なわれる。カブリーヨたちはメモリー・スティックを受け取り、アメリカ政府が五千万ドルを幻龍の指定する口座に電子送金する。やがてつぎの踏切で減速したところで、列車をおりる。

「会長」エリックが、自分のスマートフォンを見ていった。「リンクとマーフィーから受領通知が届きました。ふたりとも準備ができています」

「それじゃ、パーティをはじめよう」

ふたりは外見で幻龍を安心させるよう心がけていた。エリックは〈コーポレーション〉では最年少のメンバーのひとりで、もとは海軍士官だった。勤務していたのは数年だが、海軍では技術開発に携わっていた。きちんと櫛《くし》を入れた髪、黒縁の眼鏡、ブルーのボタンダウン・シャツ、折り目をつけたカーキ色のチノパンという姿は、内気なコンピュータおたくそのものだった。エリックは、MSSのメモリー・スティックの真偽を確認するために立ち合うことになっているし、脅威には見えなかった。

いっぽう、ブロンドの髪、青い目、カリフォルニア生まれでサーフィンをしていたころからの日に焼けた肌、水泳選手の引き締まった体つきのカブリーヨは、見るからに腕が立つ感じだ。幻龍は熟練の工作員が交換を行なうのを予期しているはずだが、カブリーヨはそういう人間にお決まりのスーツ姿ではなく、半袖シャツ、ジーンズ、ブーツというカジュアルな服装だった。

機関車がゆっくりと通過し、ベトナム人機関士がふたりを睨みつけたとき、カブリーヨは幻龍の構成員がいる気配を探しながら、客車の贅沢《ぜいたく》な設備に感心した。幻龍は、この列車を使えるような影響力があり、しかも格調高く交換を行なうつもりらしい。先頭の二両に人影はなかったが、三両目は窓のカーテンが引いてあった。交換を行なうは食堂車は、五両目だった。

あとの車両もやはり無人のようだった。最後の車両になったところで、エリックが跳び乗り、カブリーヨもつづいた。

「もてなし役に会う時間だ」カブリーヨはいった。

カブリーヨとエリックが前の車両へ歩いていくと、列車が巡航速度に加速した。照明器具に仕込まれたカメラをカブリーヨは見つけたが、気づいたようすは見せなかった。裏切りを心配しているはずの幻龍の構成員に、ワイヤレスで画像が送られているはずだ。エリックもカメラには注意を向けず、歩きながらせっせとタブレットを叩いていた。

七両目まで行くと、武装した幻龍の下っ端《ぱ》ふたりに出迎えられた。筋骨たくましい若者で、オーダーメードの黒いスーツを着ていた。ふたりともブルガー&トーメMP9マシンピストルを持っていた。大きさはふつうのセミオートマティック・ピストルくらいだが、全自動射撃ができる。あまり正確には撃てないが、狭い列車内では必殺の威力がある。カブリーヨとエリックは、両手をあげた。

「わたしがトーマス・ケイツだ」カブリーヨは、この会合のための偽名を告げた。

「さっさと片づけよう」

ひとりがマシンピストルを構えてふたりを見張り、もうひとりが用心深く近づいてきて、エリックの体を叩いてボディチェックをし、手にしていたタブレットと、ノートパソコンを入れて肩から吊《つ》るしていた袋を調べた。エリックが武器を持っていないとわかると、こんどはカブリーヨのボディチェックをした。

カブリーヨの右足首を調べると、驚いて見あげ、ズボンの裾《すそ》をまくるよう手真似で命じた。膝から下の部分の義肢《ぎし》が現われた。

「共産主義者のせいだ」カブリーヨはいった。事実だった。中国の駆逐艦《くちくかん》が放った砲弾で右脚の膝から下を失ったのだ。「そうとも。われわれには共通の敵がいる」

幻龍の下っ端は、なにもいわなかった。肩をすくめて、相棒にうなずいてみせた。カブリーヨとエリックは、検査に合格した。

ふたり目がカブリーヨとエリックに手真似で待てと指示し、ボディチェックをやった男が出ていった。

列車が荒れた地形の海岸線に達したことに、カブリーヨは気づいた。その地域の山地を縫って線路がくねくねとのび、いっぽうは鬱蒼《うっそう》としたジャングルだったが、反対側は美しい海のパノラマだった。カブリーヨにとって好都合なことに、幻龍の下っ端はいずれもそういった眺めには関心がないようだった。

幻龍は、待ち伏せ攻撃に備えて、列車の前方はずっと見張っていたが、左右の監視範囲は数百メートル程度にかぎられていた。それに、一海里沖の古ぼけた不定期貨物船に注意を向けるとは考えられなかった。ベトナム近海には、そういう船が何百隻もいる。距離があるので、そのおんぼろ貨物船が現代の列車の速度に遅れずについてきているのを見破られる気遣いはなかった。

いかにもガタがきているように見えるその船の船長であることが、カブリーヨは大の自慢だった。オレゴン号は、まさに設計目的どおりの仕事をしている。目の前にいるのに、まったく目立たない。

4

メアリオン・マクドゥーガル・〝マクド〟・ローレスは、フランクリン・〝リンク〟・リンカーンと一メートル半しか離れていなかったが、まったく姿が見えなかった。狙撃兵《スナイパー》がカムフラージュに使うギリー・スーツを身につけていたが、マクドのものは特別あつらえで、ベトナムのジャングルの植物に完全に溶け込むように作られていた。ギリー・スーツの色や人工の植物の混じりかたや密生の度合いは、鉄道の線路からわずか四、五メートルのところに伏せているふたりの周囲の藪《やぶ》や草地を、完璧にまねていた。リンカーンもおなじギリー・スーツを着ていて、前にのばした自分の腕もほとんど見分けられなかった。

リンカーンのアサルト・ライフルの銃身を、ヘビが這って越えた。すぐそばの人間に気づいているようすはなかった。毒ヘビなのかどうか、リンカーンにはわからなかったが、怒らせてたしかめるつもりはなかった。

「ジャングルは大嫌いだ」元海軍海・空・陸《SEAL》特殊部隊隊員のリンカーンが、低音でつぶやいた。ヘビはリンカーンの隠れ場所を通りすぎ、林にはいっていった。

「ヒアリの巣の上じゃないだけマシっすよ」マクドが、ニューオーリンズの甘ったるい南部訛りで答えた。「キャンプのときにそいつをやっちまって、麻疹《はしか》にかかったみたいな体で中学の卒業パーティに出なきゃならなかった」

　マクドのお相手の女の子は、それでもたいして気にしなかっただろうと、リンカーンは思った。マクドは美男子だから、〈コーポレーション〉に参加する前に陸軍レインジャーにならなかったら、ハリウッドでいい暮らしをしていたかもしれない。

「デトロイトじゃ、いちばん物騒な生き物は、ロットワイラーやピットブルだった」リンカーンはいった。子供のころ、近道をしたときに番犬の牙《きば》が深く食い込んだ跡が、いまも右太腿に残っている。

　マクドがかすかに身じろぎし、ギリー・スーツがカサコソと動いて、ほんの一瞬、姿が見えた。「ここだけの話だけど、マルディグラの教皇の山車《だし》みたいに目立ちすぎると思わなかったら、おれっちはエディーと交替したかったよ」

「ろくでもない遺伝子のせいだ」リンカーンがいった。「いつだって物事をややこしくする」

ふたりとも北京語ができないだけではなかった。リンカーンはアフリカ系アメリカ人で、オレゴン号のウェイトルームで何時間も筋トレをやり、ボディビルダーのコンテストにも出られそうだし、マクドは長身のブロンドなので、いくらメイキャップをしたり、人工物をくっつけて変装したりしても、台湾人の三合会構成員には見えない。エディー・センは、〈コーポレーション〉の陸上作戦部長なので、通常の作戦であれば、リンカーンやマクドといっしょにここにいるはずだった。だが〝猟犬《ガン・ドッグズ》〟と呼ばれるオレゴン号の元特殊部隊員ふたりは、きょうはエディー抜きで仕事をやらなければならない。

地面のかすかな震動を、リンカーンが感じた。だが、地震のような唐突な揺れではなく、ゆっくりと着実に震動が強まっていた。

「やつらが来る」マクドがいった。

「時間どおりだ」

ほどなくその揺れに、レールを嚙《か》む鋼鉄の車輪の甲高い音がくわわった。線路のカーブをまわる機関車が遠くに見えたが、ふたたび岩山に隠れた。それと同時に、列車と並行しているオレゴン号が姿を現わした。列車に合わせて高速で航走しているため、船首が白波を蹴立てている。

「エリックは客車内のカメラを始末したかな？」

リンカーンは、衛星電話機を見て、にやりと笑った。「ワイヤレス送信に割り込めたと、ストーンが伝えてきた。録画された画像がくりかえされるよう細工できた」

無人の客車のカメラの画像をタブレットに保存し、内蔵された送信機を使って、それが強制的に再生されるようにするのが、カブリーヨとともに列車に乗り込んだエリック・ストーンの仕事だった。ふたりが通過した客車内でなにが起きても、幻龍の監視要員には無人のように見える。

機関車がふたたび姿を現わしたときには、五千馬力のディーゼル・エンジンの脈動と地面の揺れのリズムがおなじになっていた。機関車が通りすぎるあいだ、リンカーンとマクドはぴくりとも動かなかった。前方の線路に注意を集中している機関士が、リンカーンのところからよく見えた。異状に気づいたふうはなかった。線路がカーブしているので、数秒後には鬱蒼としたジャングルが機関士の視界を遮るはずだった。

「用意しろ」七両目の客車が通過したときに、リンカーンがいった。「線路がくねくねと曲がっているから、予想どおり速度を落とした。おまえが撃ってから、二十秒しか余裕がないぞ」

「へいちゃらだ」マクドが位置をずらして、クロスボウの狙いをつけた。〈コーポレーション〉ではリンカーンが最高のスナイパーだが、それはライフルだけだ。マクドは、ルイジアナの沼で鹿を狩っていたころから、クロスボウの名手だった。

最後尾の客車が前を通り、マクドがクロスボウを発射した。重さ四五〇キロのカジキを釣り上げられる強さの釣り糸を曳《ひ》く矢が空気を切る音は、列車の車輪のガタゴトという音のなかでは無音にひとしかった。客車の後部ドアの窓を矢が貫いて、バネ式のひっかけ鉤《かぎ》がひらき、窓枠にしっかりと固定された。

「見事な射撃だ、相棒」リンカーンがそういって、隠れ場所からがばと起きあがった。

ふたりは、競技用橇《トボガン》に似た装置を覆っていたカムフラージュを剝《は》がした。カーボンファイバー製の浅いタブの左右に、テフロンの溝車《ガイドスリーブ》を取り付けてある。長さ三〇〇メートルの釣り糸が、列車に曳かれてリールからくり出されていった。その末端が、橇《そり》の前部に結びつけてある。

ふたりは軽くて頑丈《がんじょう》な橇を持ちあげて、線路に置き、溝車をレールに合わせた。

釣り糸があと三〇メートルになったところで、ふたりは丈夫なタブに跳び乗った。タブの後部にふたりが脚をつっぱると同時に、釣り糸がぴんと張り、列車とおなじ速度で、橇が走り出した。

最初の衝撃が消えると、リンカーンはリールのモーター駆動巻き取り機を作動した。

テフロンの溝車が、線路の継ぎ目ごとにガタゴト音をたてた。橇は期待どおりにうまく走っていた。

「釣りにいったときも、カジキがこんなふうにかかったらいいのに」モーターが釣り糸を巻き取り、橇が列車に近づくあいだに、マクドはいった。

「カジキが自分で釣り糸を巻き取るのか?」リンカーンが、にやにやしながら答えた。「それじゃおもしろくないだろう?」

最後尾の客車に達すると、リンカーンが体を引きあげて、車体の縁《へり》に乗った。マクドもおなじようにした。リンカーンがKバー・ナイフで釣り糸を切った。橇が横滑りしてとまり、遠ざかっていった。

「お先にどうぞ」リンカーンがいった。

マクドはにやりと笑った。「おっと、恐れ入ります、旦那さん」ドアをあけ、用済みのひっかけ鉤をはずして、奥へ進んだ。

エリックがカメラの画像を細工し、車内を無人に見せかけているはずだと確信していたので、ふたりはバックパックをおろし、ギリー・スーツを脱いで、抗弾ベストも含めた黒い戦術装備姿になった。リンカーンが自分のバッグのジッパーをあけて、なかの武器を出した。グロック・セミオートマティック・ピストルが四挺《ちょう》、FN・P90

サブマシンガンが四挺。

「時間はどれくらいあるかな？」バッグから抗弾ベスト二着を出しながら、マクドがきいた。運びやすいように分解してあった擲弾《てきだん》発射機も出した。

リンカーンが時計を見た。「エディーのさっきの位置からして、お客さんが来るまで五分しかない」

5

フィリピン

スコールの三角波のおかげで、安定のいい囚人護送船は十五分のあいだ、乗っ取られた護衛船の機銃の射程外にいることができた。護衛船は砕ける白波に翻弄《ほんろう》されていた。だが、嵐はおさまりつつあり、荒波がしだいに低くなっていた。

ルイス・ナバーロ上級警視が不安にかられてふりかえると、なめらかな形の護衛船がしだいに近づいていた。機銃の三〇口径弾が、ナバーロたちの方角にでたらめにばら撒かれ、何発かが船に当たっていた。ナバーロの部下たちは弾薬を節約するために、護衛船が近づくまで射撃を控えていた。

ナバーロは、ガルシア船長をせっついた。「もっと速く進めないのか?」

「どうしろっていうんだ?」ガルシアがいった。「これが最大速力だ」

黄昏《たそがれ》が明るさを失っていくなかで、ナバーロは目を凝らした。遠くに光が見えたような気がした。「あれはダピタンか？」

「まあな。だけど、あと二〇海里はあるし、応援が来る気配はない」

「護衛船を乗っ取ったロクシンの手下が、応援はいらないと連絡したにちがいない」

銃弾が一発、金属部分から跳ね返ったので、ガルシアはとっさに身をかがめた。

「馬鹿なやつらだ！　おれたちばかりか、ロクシンも殺しかねないのに」

「どうかな。やつらは周到に準備したようだから、独房に改造した船艙の冷凍庫の断熱層が機銃弾を通さないくらい厚いのも知っているんだろう。おそらく機関を動かないようにするつもりだ」

「それじゃ、名案を考え出してくれないと」ガルシアがいった。「この分だと、機関をやられてもやられなくても、あと二、三分で追いつかれる」

ナバーロは、いい方法はないかと必死で考えた。生き残りの部下は五人、あとは自分とガルシアだけだ。護衛船には十人以上いるようだし、機銃という重火器もある。警官たちにはアサルト・ライフルしかない。

「なにをやらなきゃならないか、わかってるはずだ、警視」ガルシアがいった。「やつを海にほうり込め」

「なんだと？」

「ロクシンだよ。やつらがそれほど取り返したいんなら、くれてやれ」

「だめだ」

「しかし、やつらは――」

ナバーロは、計器盤を拳《こぶし》で殴りつけた。「だめだ！　囚人を引き渡したら、おれたちと国家警察の名誉は地に落ちる。戦って死ぬほうがましだ」

ガルシアが、ナバーロを睨みつけた。「なにか思いつかなかったら、その願いはかなえられるだろうな」

また操舵室から銃弾が跳ね返った。ナバーロは顔をしかめた。ガルシアのいうとおりだ。この熾烈《しれつ》な銃撃に長く持ちこたえることはできない。護衛船が追いつき、護送船を航行不能にしたら、乗り込んできたやつらに掃滅《そうめつ》される。

ナバーロは、ガルシアの肩を叩いた。「なにがあっても進みつづけろ」

「どうするつもりだ？」

「やつらがおれたちを本気でとめるかどうか、たしかめる」

ナバーロは、とまどっているガルシアのそばを離れ、甲板に出た。銃弾の嵐を避けるために、できるだけ身を低くした。古い漁網巻き揚げ機のそばに吊るしてあった太い鎖を見つけて担《かつ》いだ。

船艙におりていった。トーレスの遺体は床に横たわったままで、銃弾が船体に当たるたびに、見張りの警官ふたりが身を縮めていた。額に汗が噴き出し、恐怖のあまり口を一文字に結んでいる。

ロクシンが、邪悪な輝きを宿した目で、ナバーロを見た。

「上が厄介なことになっているようだな」ロクシンが、にやにや笑いながらいった。

護送船が窮地《きゆうち》に陥っているのを楽しんでいるのだ。

「おまえたち、掩護しろ」ナバーロは、警官ふたりに命じた。ふたりともアサルト・ライフルを構え、ロクシンに狙いをつけた。

ナバーロは、手錠を取り出した。「ロクシン、うしろ向きになって、両手をそろえろ。鉄格子のあいだからこっちにのばせ」

「いやだね。おれはしばらくここで待っている」ロクシンが目を閉じた。「ダピタンに着いたら教えてくれ。もちろん、そこまで行けるかどうかが問題だが」

ナバーロは拳銃を抜いた。「船長が、おまえを海にほうり込めといっている。おれたちはみんな任務があるが、命令に従わなかったら、おれはおまえを撃ち殺して、船長の意見どおりにする。さあ、どうする?」

ロクシンが溜息をつき、目をあけた。ひとこともいわずに立ちあがり、独房の手前に近づいてきて、向きを変え、両手を鉄格子のあいだから出した。

ナバーロは、警官ふたりに向かっていった。「こいつが妙な真似をしたら、ためらうな。必要とあれば、おれもいっしょに撃ち殺せ。わかったか?」

警官たちは、その命令に驚愕して、言葉を失った。

「わかったか?」ナバーロはどなった。

警官たちがうなずいた。

ナバーロは、ロクシンの手首に慎重に手錠をかけた。ロクシンは抵抗しなかった。

「よし、さがれ」

ロクシンが従った。ナバーロは拳銃とナイフを脇に置き、トーレスのベルトから手錠をはずして、独房の鍵をあけ、鎖を持って、なかにはいった。

ナバーロは、ロクシンに鎖を見せた。「おまえの腰にこれを巻く。動くな」

ロクシンが、おもしろがっているような目で鎖を見て、肩をすくめた。ナバーロは、ロクシンの胴を鎖で六回巻き、脱け出せないようにぎゅっと締めた。それから、トーレスの手錠を使って、鎖を固定した。

ナバーロは、独房を出て、拳銃とナイフを身につけた。「甲板に出ていく。逃げようとしたり、おれの部下を襲おうとしたら、船から突き落とす。鎖の重みで、おまえはあっというまに沈むはずだ」

「これから起きることを見逃す手はないさ」ロクシンがいった。「早くお手並みを拝見したいね」

「それじゃ、行くぞ」ナバーロはいった。ロクシンが悠然と独房を出た。ナバーロは、ロクシンの太い腕をつかみ、拳銃の銃口を頭に押しつけた。「先に行け。ゆっくりと」

ふたりいっしょに梯子《ラッタル》を一段ずつ昇った。警官がひとりずつ、先頭とうしろを固めた。

甲板に出ると、ナバーロは護衛船が見えるところへロクシンを連れていった。ロクシンが、自分と護衛船のあいだにはいるようにしていた。甲板で生き残っていた警官は、ひとりだけだった。あとのふたりは甲板に倒れ、血の細い流れが排水口へとのびていた。乗っ取られた護衛船はもう九〇メートル以内に近づいていたので、ロクシンが甲板に連れ出されたのが見えているはずだった。彼らがナバーロを撃とうとすれば、親玉のロクシンの体を銃弾が貫くことになる。

機銃のカタカタという発射音はとまったが、護衛船はなおも近づいてきた。

ナバーロはロクシンの体を引き、巻き揚げ機に背中をあずけた。ロクシンの耳の横から覗き見た。ロクシンには体臭があり、ニンニクに似た臭いを毛穴から発散させていたが、その悪臭を我慢するほうが死ぬよりはましだった。射撃の名手でも、ロクシンに当たらないようにしながらナバーロを撃てるという確信はないだろう。

狙い撃てる見込みはないと悟《さと》ると、護衛船はそのまま護送船の四、五メートルうしろまで接近した。ロクシンの頭に拳銃を突きつけていることを、ナバーロははっきりと見せつけた。生き残りの警官三人は、アサルト・ライフルで護衛船とロクシンのどちらかに狙いをつけていた。好都合なことに、手摺《てすり》の切れ目がすぐそばにあった。ロクシンを海にほうり出したくなったら、そこで突き飛ばせばいい。

追跡してきた男たちに、離れろと叫ぶ必要はなかった。ナバーロの脅しははっきりしていた。乗り込もうとしたら、先頭の男が甲板に達する前に、ロクシンは死ぬ。

「これからどうするつもりだ？」ロクシンがきいた。「ダピタンの港にはいるまで、おれをここで押さえているのか？」

「そうしてもいい。特殊部隊二個分隊が、おまえの到着を待っている」

「おれの配下が、そこまでおとなしくついてくると思うのか？」

ナバーロは、冷やかに笑った。「それは自殺行為だが、そうしてくれればありがたい」

「あんたのいうとおりだ」ロクシンがいった。「だったら、いまあんたを撃ち殺すべきだな」

「おれを撃つ?」ナバーロは、ロクシンの野放図《のほうず》ないいかたに唖然とした。嵐は去ったが、うねりがまだ残っていて、船はいずれもいまなお激しく揺れていた。「おまえに当たらないように撃てる名人なんか、どこにもいない」

「やはり、あんたのいうとおりだ、警視。そんな名人はどこにもいない」

そのとき、ロクシンが声を限りに叫んだので、ナバーロは激しいショックを受けた。

「撃て!」

ロクシンの手下が一斉に射撃を開始し、銃弾の嵐で警官三人を薙《な》ぎ倒した。それと同時に、ロクシンにも何発かが当たった。ロクシンが甲板に倒れ、ナバーロは人間の楯《たて》を失った。ナバーロは物蔭に跳び込もうとしたが、胴体に二発撃ち込まれた。

護衛船が突進して、護送船の船体にぶつかるあいだ、ナバーロにはどうすることもできなかった。ロクシンの手下が躍り出たとき、ガルシアがすでに死んでいて、自分もあとを追うことになると、ナバーロは悟った。生命が体を離れつつあり、意識が朦《もう》朧《ろう》としてきた。

ロクシンの手下たちは頭目とおなじように、フィリピン国家警察特殊部隊のもっとも屈強な隊員をしのぐほど筋肉が盛りあがっていた。被弾した頭目を、ふたりがぬいぐるみの人形でも持つように、軽々と持ちあげた。

ロクシンの死体が手下によって運ばれていることに、ナバーロはささやかな満足をおぼえた。ロクシンを裁判にかけるための護送任務は大失敗に終わったが、フィリピン政府の最悪の社会の敵が奪回されるのは、防ぐことができた。

重傷を負っていたにもかかわらず、ナバーロは痛みを感じなかった。もはや助からないことは明らかだった。手下がロクシンの死体を護衛船に向けて運んでいくのを見守っていたが、不意に目を動かすのをやめた。

目の錯覚《さっかく》かとナバーロは思った。ロクシンの足が、ゆっくりと甲板を踏みしめていた。まるでゾンビが生き返るのを見ているようだった。

ロクシンを左右から支えていた手下が離れた。ロクシンが、一瞬そのまま立っていてから、ゆっくりとナバーロのほうを向いた。

ナバーロは信じられない光景を見ていた。ロクシンの太腿、腹、肩には、醜い弾痕《だんこん》があった。立つことはおろか、生きていられるはずがなかった。

ロクシンは人間離れしたなにかに変わっていて、痛みすら感じていないようだった。

ナバーロと目を合わせるためにかがみ、鼻をつくニンニクの臭いが波のように放たれた。

「惜《お》しかったな、ナバーロ警視。いい勝負だった」ロクシンが、よこしまなよろこびをにじませていった。「しかし、おれにはやることがある。でかい計画が」

ロクシンがまた立ちあがり、手を貸せと合図した。手下ふたりが、ロクシンの腕をそれぞれの肩に載せた。

「船は沈めろ」力強い声で、ロクシンが命じた。「おれが死んだと思わせるんだ」

「かしこまりました」手下が声をそろえていった。

「そうそう」ロクシンが、ナバーロのほうへ顎をしゃくった。「こいつも片づけろ」

手下ひとりがためらわず拳銃を構えて、ナバーロの眉間に狙いをつけた。ナバーロが最期に見たものは、その銃身からほとばしる炎だった。

6

ベトナム

エディーは、線路のトンネルの開口部にあるコンクリートのでっぱりの上で、体を安定させた。スーツのジャケットは捨て、脚と腰に縛帯《ハーネス》を着けていた。ハーネスに結びつけたロープは、ナイロンの索《ライン》につながっている。ラインのいっぽうの端には重りが取り付けてあり、トンネルのすぐ上に垂れている。反対の端は、樹木に覆われた斜面のずっと上のほうに据え付けたウインチを通っている。エディーの横では、接近する機関車の音がトンネルから響いてくるなかで、仲琳《チヨン・リン》とその配下の工作員六人が、ハーネスとQBZ‐95アサルト・ライフル（九五式自動歩槍）の最終点検を行なっていた。

エディーが裏切ったり、怖気《おじけ》づいて強襲を途中でやめようとしたりする気配はないかと、仲がずっと目を光らせていた。列車に最初に降下する四人にくわわるようにと仲はエディーに命じ、降下しなかったらその場で撃ち殺すと告げた。

時速五〇キロメートル近い速度で走っている列車の屋根に跳びおりるのは、かなり危険だったが、エディーはこれを途中でやめるつもりは毛頭なかった。崖《がけ》を懸吊《けんちょう》下降したり、ヘリコプターから跳びおりたりするようなことは、何度となくやってきた。ただ、今回の作戦は、手順がいっぷう変わっていた。どんな作戦でもはじまったときに起きるアドレナリンの分泌が感じられたが、恐怖はなかった。もちろん、仲にそれを悟られたくなかったので、卑屈に怖《こわ》がっているふりをした。

「いいか」仲が手下に注意した。「ラインを投下するのは、機関車が下を通ったあとだ。早まるな」

手下六人が、きびきびと「了解です」と答えた。

仲が、エディーの顔を見た。「真実をいう最後の機会だ」

「この列車だ」声をわざとふるわせて、エディーはいった。「まちがいない」

仲がうなずいた。「そうでなかったら困るぞ」機関車の番号が、カブリーヨがメールで送ってきた番号と一致することは、トンネルの反対側の開口部に取り付けたカメラによって、すでに確認されていた。

全員が、ゴーグルをかけた。真下でディーゼル機関の雷鳴のような轟音がいっそう激しくなったとき、エディーはロープを握りしめた。機関車がトンネルから跳び出すと同時に、仲の手下たちが行動を開始した。

ライン二本が機関車めがけて投げおろされた。重りは強力なネオジム磁石《じしゃく》で、鋼鉄の車体の上に張りついた。ラインがひっぱられて、斜面の上のウインチからくり出された。

「行け！」仲が叫んだ。

最初のふたりがコンクリートのでっぱりから跳び出して、それぞれ即製のジップラインを滑りおりていった。ふたりが遠ざかると、仲とエディーがつづいた。

エディーはハーネスに体重をあずけ、太腿にストラップが食い込んだ。軸受《じくうけ》二個の滑車《かっしゃ》が、ラインからモノレールよろしくぶらさがり、エディーの全体重を支えていた。ブレーキ装置を握って、エディーは滑りおりながら加速した。機関車に接近するにつれて、降下速度がすぐに列車の速度と一致した。風に煽《あお》られたが、ゴーグルをはめているので、涙で見づらくなるのは避けられた。足が届く直前にブレーキをかけ、まるで市街電車からおりるように、すんなりと列車の屋根におり立った。

エディーは、クイックリリースを押してラインから離れ、膝を突いた。数秒ずつ間を置いて、後続の四人が屋根に到達した。八人全員がそろったところで、ふたりがラインを切った。ラインはウインチで巻き戻されたが、磁石は鋼鉄の車体にくっついたままだった。全員がハーネスを脱いだ。

機関士と列車の動きをコントロールするために、仲がひとりを機関車に向かわせた。逃げ道を断つために、さらに三人を最後尾に行かせた。あとの四人が一両目の客車にはいり、攻撃を開始する。

エディーが海のほうを盗み見ると、オレゴン号が列車とおなじ速さで航行していた。さらに、背後のジャングルには、樹冠をかすめている黒い物体がちらりと見えた。ローターが四つあるクアッドコプター型ドローンだと知っていなかったら、鳥だろうと思うはずだった。

こちらの現在位置をカブリーヨが知っているといいのだがと、エディーは思った。列車内ではまもなく敵味方が入り乱れるはずだった。

幻龍の頭目ジミー粛《スウ》は、もっとも忠実な護衛を左右に従えて食堂車のテーブル席に陣取っていた。アメリカ人を連れてこいと、粛は手下に命じた。そのほかのテーブル席にも下っ端が六人いて、一見くつろいでいるようだったが、警戒は怠《おこた》っていなかった。全員が粛とおなじ黒いスーツに白いシャツという格好で、胸のタトゥーが見えるようにボタンをはずしていた。

粛は、幻龍を台北でもっとも強大な組織に仕立てあげた。前月も、大胆不敵な仕事をやってのけた。まず、三合会で最大の敵のデイヴィッド堯《イアオ》を殺して、海に死体を捨てた。つぎに、アメリカ国内で活動している中国の潜入工作員の名前その他の情報が保存されているUSBメモリー・スティックの強奪を画策した。

本来の標的は、台湾にいる中国の長期潜入工作員《モグラ》のリストが保存されているメモリーだった。その情報を握れば、台湾の公安機関に浸透しやすくなり、自分の利益に結びつく。しかし、拉致《らち》した伝書使がメモリーの内容を明かした時点で、その計画は変更せざるをえなくなった。そのデータは粛にとっては無価値になったが、特定の買い手にとっては計り知れないほど貴重だった。

中国がいくら高い値段をつけても、売り渡す気はなかった。中国には大きな痛手をあたえたい。とはいえ、いくら共産主義者を憎んでいても、アメリカにあっさりと渡すのは嫌だった。諜報《ちょうほう》の分野では十年に一度あるかないかの大成功なのだから、代金はたっぷりと払ってもらう。これが暴かれれば、中国の情報収集は何年も後退する。

アメリカ人ふたりが案内されてきたとき、粛はそれを思ってにやにや笑っていた。

アメリカ人のうちひとりは長身で引き締まった体格だった。おそらくその男が指揮をとっているのだろう。本名かどうかはともかく、トーマス・ケイツと名乗っている男にちがいない。もうひとりは痩せていて、小柄で、おたくっぽく、タブレットを持っていた。

「ケイツさん」粛は立ちあがらず、手も差し出さずにいった。「おかけください」

「ほう、よかった」ケイツがいった。「英語が話せるんだな」

「台北のアメリカン・スクールに六年、通った」

ケイツともうひとりの男が、粛の向かいに座った。案内してきたふたりは、そのうしろの通路に立った。

「わたしの台湾華語よりもずっと上手だ」ケイツがいった。

「妙だな。取り引きをするのには、こっちの言葉がわかる人間をよこすと思っていた」

ケイツが肩をすくめ、輝く白い歯を剝《む》き出して笑った。「私が運よく手が空いていたんだ。それじゃ、商品を見せてもらおうか」

「ファイルをひらいたり、コピーしたりしようとしたら、ぜんぶ消去されるのは知っているだろう?」

技術者兼アナリストとおぼしいもうひとりがうなずいた。「でも、USBメモリーが中国国家安全部《MSS》のものだというのは、確認しないといけない。データは見られないが、消去が開始されないようにして、いちばん上のコードを見ることはできる。MSSのコードには、きわめて目立つ特徴がある」

「空のメモリーと引き換えに五千万ドルを渡すわけにはいかない」ケイツが、冷やかにいった。「確証が必要だ」

「おれが金を騙《だま》し取ろうとしているというのか?」幻龍の下っ端と護衛が、粛の鋭い声を聞いて緊張した。

ケイツがまたにやりと笑い、緊張をほぐそうとして両手をあげた。「めっそうもない。しかし、USBを調べなければならないというのは、わかってもらえるだろう」

粛が手下を眺めて、落ち着けと目顔で命じた。脇の下のホルスターに収めたマシンピストルをかすめるようにして、ジャケットのポケットからUSBメモリーを出した。

メモリーを渡す前に、粛はいった。「これを消去してしまっても、五千万ドルはもらうぞ」

ケイツがうなずいた。「それに、われわれがそのメモリーを持って列車からおりなかったら、あんたたちの命はないぞ」

粛が、背すじをのばした。「なにがいいたい?」

「ヘルファイア・ミサイルを積んだプレデター無人機が、高度一万五〇〇〇フィートを旋回《せんかい》している。会合点でわれわれが下車しなかったら、この列車は木っ端《こっぱ》みじんになる」

ケイツの顔には、なんの表情も浮かんでいなかったので、はったりなのかどうか、粛にはわからなかった。

粛はつかのまケイツを無表情で見据えてから、手下のほうを見てにやにや笑いながら、北京語で「こいつ、態度がでけえな」といった。

それを聞いた手下が、いっせいに笑った。

「わかった、ケイツさん」粛がいった。「取り引きがうまくいかなかったら、おたがいに身の破滅というわけだ。あんたに死ぬ覚悟があるといいんだがね。おれにはある」

「覚悟はあるが」ケイツがいった。「進んで死にたくはないね」

粛がUSBメモリーを差し出した。「なんでもやらなきゃならないことをやれ」

ケイツがメモリーを受け取り、アナリストに渡した。アナリストが袋からノートパソコンを出し、メモリー・スティックを差し込んだ。タイプしながら、真剣な目つきで画面を見ていた。

USBメモリーが本物であることをアナリストが確認するのを待つあいだに、ケイツは何気なく流れすぎる景色を眺めていた。列車は、曲がりくねった山地の線路を走っていた。アナリストがUSBメモリーの出所を確認するのに、どういうことをやっているのか、粛には見当がつかなかったが、五千万ドルが手にはいりさえすれば、どうでもよかった。

粛のうしろで食堂車のドアが勢いよくあいた。そちらを向くと、手下のひとりが、息を切らし、来た方角を指差しながら、突進してくるのが見えた。

「やつらが来た！」手下が台湾華語で叫んだ。「おれたちはMSSに見つかった！」

粛の顔から血の気が引いた。周到に計画を練ったので、メモリーをどこで渡すかを知られることはありえないと思っていた。「いったいなんのことだ？」

「カーブをまわったときに、窓から列車の前のほうを見たら、そいつらが一両目の客車に潜り込むのが見えた。もうじきここに来る」

下っ端のうろたえた顔を見て、粛はその言葉を信じた。手下がいっせいに武器を抜いた。さっとふりむき、アメリカ人からメモリーを取り返して、撃退しろと手下に命じようとした。だが、その騒ぎにアメリカ人たちが異様な反応を示しているのを見て、とまどった。

アメリカ人は、ふたりとも頭を抱え込むようにして、親指の付け根で耳を押さえ、口を大きくあけていた。

食堂車の窓が二枚、たてつづけに割れて、小さな物体が飛び込み、前寄りとうしろ寄りの床でそれぞれ弾んだ。手下も粛とおなじようにびっくりして、わけがわからないまま、さっと向きを変えた。

その物体がなんであるかに気づいてぞっとすると同時に、粛は叫んだ。「伏せろ！」だが、特殊閃光音響弾《フラッシュ・バン》が炸裂《さくれつ》したとき、粛の手下はまだひとりも伏せていなかった。二発が同時に炸裂し、網膜を灼《や》くまばゆい光と衝撃で、粛はたちどころに行動能力を失った。座ったままで体がぐったりし、見当識《けんとうしき》を失って、目をむやみにこすった。急な気圧の変化で、鼓膜が傷ついていた。

自分の悲鳴すら聞こえなかった。

7

目を覆い、内耳にかかる圧力を和らげるために口をあけていても、特殊閃光音響弾の影響でカブリーヨはすこしぼうっとしていた。USBメモリーをしっかりと握りしめ、ふらふらと立ちあがろうとしたが、また席に倒れ込んだ。

視界はすぐに晴れて、ジミー粛《スウ》と手下たちが、飲みすぎたあとで立とうとしている酔っ払いみたいに這いずりまわっているのが見えるようになった。すぐそばにいたエリックも、まだふらふらしているようだった。

カブリーヨはまた立とうとした。今度は巨大な手に片腕をつかまれて、席からひっぱり出された。フランクリン・リンカーンのにんまりとした顔が、目の前にあった。

「やつらが回復する前に、会長たちをここから連れ出しますよ」エリックを引き起こしながら、リンカーンがいった。カブリーヨとエリックをほとんどひきずるようにして、六両目に連れていった。食堂車に突入するまで、そこで待機していたのだ。

リンカーンがドアを閉めると、カブリーヨとエリックは壁にもたれて、気を取り直そうとした。

「たいしたことはないよな？」P‐90サブマシンガンをドアに向けて見張りながら、リンカーンがきいた。

「フライパンで頭を殴られたみたいだ」五感が早くも戻りかけていたが、カブリーヨはそういった。

「二度とやりたくない」エリックがいった。

「前もってわかっていたからよかった。あいつらの何人かは、何週間も聴覚が戻らないはずだ」

「プレゼントを持ってきた」抗弾ベストをふたりに渡しながら、リンカーンがいった。「あそこの座席に銃を置いてある」

カブリーヨとエリックは、抗弾ベストを身につけ、武器を持った。

肩から擲弾発射機をぶらさげたマクドが、小走りにやってきた。

「あんたら、そんなにひどくやられてないね」マクドがいった。「おれっちの狙いがすこぶる正確だったからだよ」

「ターゲットに命中していた」カブリーヨは、耳のぐあいをよくするためにあくびをした。

列車の精密な路線図を使い、特殊閃光音響弾を撃ち込むのに線路のこの部分が選ばれたのは、カーブがきついからだった。マクドが三両離れた客車の窓をあけて、身を乗り出し、食堂車を完璧に視界に収めることができた。カブリーヨとエリックは、特殊な形の岩を目印にして、そのカーブを通過していることを知り、目と耳を覆った。

「中国の工作員も始末したか？」カブリーヨはきいた。

「距離があるから、かなり難しかった」マクドが、得意げにいった。「でも、やつらがいた三両目に二発撃ち込んだ」

「よし。それですこし時間が稼げる。エリック、ふたりに掩護してもらって、特殊閃光音響弾を仕掛けろ。わたしは配達をやらないといけない」

すっかり回復しているように見えるエリックが、うなずいてリンカーンからバッグを受け取った。バッグをあけて、レーザー作動の特殊閃光音響弾十二発の最初の一発を出した。特殊閃光音響弾は不規則な間隔で仕掛けられ、四人の撤退を掩護する。MSSの工作員か幻龍の構成員が通ろうとすると、見えないセンサーが作動し、特殊閃光音響弾が炸裂する。

カブリーヨはスマートフォンを出して、オレゴン号を呼び出した。通信長のハリ・

カシムが出た。

「だいじょうぶですか、会長？　爆発は見ましたが、列車内はあまりよく見えなかったので」

「負傷者はいない」カブリーヨは答えた。「第一段階《フェーズ》は完了だ。これから窓に近づく。ゴメスにメモリーを受け取るドローンをよこすように指示してくれ」

オレゴン号のヘリコプター・パイロットのゴメス・アダムズは、何機も搭載しているドローン操縦の専門家でもある。

「ほんの数秒でそっちに到着するそうです」

カブリーヨは窓をあけて、差し渡し三〇センチほどのクアッドコプター型ドローンが、列車の速度に合わせて近づいてくるのを眺めた。ゴメスの位置調整は完璧で、ドローンは窓の真横にならんだ。風速の急な変化に瞬時に合わせて姿勢を直したドローンが、車内に飛び込んで床におりた。プロペラが停止し、静かになった。

カブリーヨは、ドローンを持ちあげて、下側の小さな物入れをあけた。クッション付きの穴にＵＳＢメモリーをはめ込み、蓋《ふた》を閉めて、ドローンをもとの場所に置いた。

「あとは任せるぞ、ハリ」カブリーヨはいった。

「了解」ハリが応答した。ドローンのプロペラがまわりだした。離昇して、怒れるスズメバチみたいに窓に向けて飛んでいった。ゴメスの操縦で窓から出たドローンは、たちまち紐《ひも》に引かれたような感じで、一気に上昇した。またたく間にドローンは見えなくなった。

「われわれの位置は？」

「川まであと十分です」

カブリーヨは、時計を見た。「それまでやつらを引きとめる。荷物を無事に回収したら、教えてくれ」

「了解です。ところで、マクドが特殊閃光音響弾を発射したとき、中国工作員三人が列車の屋根を歩いていました。うしろのほうの車両に、そいつらが乗り込みましたよ」

「ドローンを見られたかな？」

「ぜったいに見られていません」

「よし」

前寄りの車両で、銃撃の音が湧《わ》きおこった。カブリーヨは、リンカーン、マクド、エリックのそばに戻った。

「われわれの友人グループふた組が、出会ったようだ」カブリーヨはいった。「うしろからも、挟み撃ちにしようとするやつらが来る。列車からだれもおりないように、退路を断つつもりだろう」

「おれたちはここに立てこもりますか？」リンカーンがきいた。

前寄りの車両の銃声は、なおもつづいていた。「いや、七両目に戻る。幻龍はMSSには太刀打ちできないだろう。幻龍を片づけたら、MSSはわれわれを攻撃するはずだ」

「エディーが伏せててくれるといいんだけど」マクドがいった。

「きいてみよう」カブリーヨは、スマートフォンとワイヤレスでつながっている小さなイヤホンを、耳に差し込んだ。WiFiの信号が、エディーのスマートフォンにじかに送られる。そのスマートフォンがエディーの一〇メートル以内にあれば、骨伝導マイクを通じて、ほとんど声を出さずに話ができる。小さな声は、周囲の銃声にかき消されるはずだ。

「エディー、聞こえるか？」

「ええ」喉頭音で、応答があった。

「われわれは七両目の客車へ行く。川に到着するのは九分三十秒後だ」

「工作員はいま四両目にいて、そっちへ向かっています」エディーが応答した。「それに、だいぶ怒り狂っていますよ」

8

四両目の端に幻龍の構成員がひとりいて、MSS工作員が食堂車にはいるのを防ごうと果敢《かかん》に戦っていたが、銃弾の嵐のなかでじきに倒れた。仲《チョン》はまだ部下をひとりも失っていなかったし、敵の数は急激に減っていた。幻龍はかなりがんばって抵抗していたが、MSS工作員のほうが練度が高く、火力でも勝《まさ》っていた。仲のそばでいまも武器を持たされていないエディーにも、三合会の下っ端が全滅するのは時間の問題だとわかっていた。

仲は強襲チームを一時的に麻痺《まひ》させた特殊閃光音響弾を発射したのは幻龍だと思い込み、その仕返しができるのがうれしいようだった。車両と車両のあいだのドアが隘路《あいろ》になり、攻撃よりも防御のほうがやりやすかった。エディーの狙いどおり、ドアごとに進撃が鈍っていた。

幻龍が五両目にあたる食堂車を最後の砦にしようとしていることは明らかだった。

仲は工作員ふたりに、前進し、食堂車との境のドアの左右で位置につくよう命じた。カブリーヨたちとはちがい、MSSは破片手榴弾を用意していて、ドアの隙間《すきま》から二発が投げ込まれた。

手榴弾が爆発すると、MSS工作員たちは、アサルト・ライフルを連射して、動くものをすべて薙《な》ぎ倒しながら、食堂車に突入した。銃撃戦はすぐに終わり、食堂車は静まりかえった。

「掃討した！」工作員のひとりが叫んだ。

「食堂車」エディーは、小声でカブリーヨに伝えた。イヤホンはズボンのウェストにある小さなポケットに隠してあった。だれも見ていないときに、エディーはそれを耳にはめた。

仲がついてこいとエディーに合図した。食堂車に幻龍の下っ端の死体が積み重なっていた。

「ジミー粛《スウ》を探せ」仲がいった。「取り引きをまだ終えていなかったら、粛がメモリーを持っているはずだ」

エディーは、まわりを見ていった。「アメリカ人は？」

「べつの車両に逃げたにちがいない。最後尾へ行かせた部下が、掃討しながらこっちへ進んでいる。アメリカ人が列車から跳びおりようとしたら、撃ち殺せと命じてある。いずれ見つかる」

エディーが、食堂車の前寄りで待つあいだ、仲の部下が死体を調べてメモリーを探した。仲は反撃に備えて、うしろ寄りを見張っていた。

うしろからだれかがエディーの腕をつかんだ。連結部の下に隠れていたやつがいたにちがいないとエディーが思ったとき、拳銃の銃口がこめかみに押しつけられた。

「武器を捨てろ」ジミー粛がどなった。熱い息がエディーの首すじにかかった。

仲がさっとふりむき、アサルト・ライフルを構えた。「なんだと？　そいつを殺すのか？」

「いや、こいつは楯に使うだけだ。武器を捨てないと、メモリーを見つけられなくなるぞ」

「そいつを楯には使えない。おまえが仲間を殺そうが、知ったことじゃない」

粛がエディーをさっと横向きにして、幽霊を目にしているのかと思い、口をぽかんとあけた。粛が言葉を発する前に、エディーはその驚きに乗じて、肘《ひじ》打ちで拳銃を頭から遠ざけた。当面の危険がなくなると、粛の喉に空手チョップを見舞った。粛が首を押さえて倒れ込むときに、エディーはその頭を膝蹴りして、失神させた。

エディーは拳銃を拾おうとしたが、仲が動くなと命じた。三人に銃口を向けられているると察したエディーは、彫像のように凍りついた。

「さがれ」仲が命じた。エディーは、いわれたとおりにした。

エディーは、気絶している粛に冷笑を向けた。「こいつの顔を見たか？　おれを殺したと思ったのに、生きていたからだ。おれがあんたたちの側だというのが、これでわかっただろう」

「わたしを馬鹿だと思っているのか。おまえは自分のことしか考えていない」仲が、手下のひとりに顎をしゃくった。「体を調べろ」

「どっちの？」

「ふたりともだ」

ＭＳＳ工作員が、エディーの全身を叩いて調べ、それから身動きしていない粛の体を探った。

「なにもありません」

「それなら、メモリーはアメリカ人が持っているにちがいない」仲がいった。「アメリカ人を殺して調べても見つからなかったら、この列車を分解して探す」

「粛はどうしますか？　殺しますか？」

「いや。メモリーを見つけるのに、あとで必要になるかもしれない。縛れ」

工作員が結束バンドを何本か出して、粛の手足を縛り、這って逃げることができないように、鉄の手摺につないだ。

粛を身動きできないようにすると、仲と部下の工作員たちは、六両目に向かった。だれもいないとわかると、工作員ひとりが踏み込み、仕掛けられていた特殊閃光音響弾がたちまち炸裂した。

工作員が床で身もだえし、エディーはいった。「粛の手下がまだ残っているにちがいない」カブリーヨたちが特殊閃光音響弾を仕掛けたのは、百も承知だった。

仲が車両を覗き込んで、円筒形の特殊閃光音響弾を仔細《しさい》に見た。筐体《きょうたい》が破壊される型ではないので、無傷で残っていた。

仲がそれを取りあげていった。「こんな新型を幻龍は使っているのか?」

エディーは首をふった。

「これはアメリカ製だ」仲がいった。「軍が使う型だ。レーザー・センサーで作動する。アメリカ人が仕掛けたにちがいない」

「それじゃ、この先にも何発かあるかもしれない」エディーはいった。

仲が立ちあがり、車両の中央の通路に使用済みの特殊閃光音響弾を転がした。なにも炸裂しなかったが、だからといって、仕掛けられていないとはいい切れない。

「ゆっくりと進むしかないが、そうするとやつらに逃げる隙をあたえることになる」仲が、エディーの顔を見た。「そうなったら、おまえの命はない」

エディーが、すぐさまうなずいた。「最後尾から来るあんたの部下は、まだアメリカ人と接敵していないのか？」

仲が、部下を無線で呼び出し、それをきいた。

「まだです」と応答があった。「いま八両目です」

「八両目か」エディーは、カブリーヨに伝えるためにつぶやいた。カブリーヨたちとオレゴン号のチームのために、時間を稼がなければならないと思った。「だったら、アメリカ人を攻撃するのに、名案がある」

9

不定期貨物船に偽装しているオレゴン号の上部構造近くの甲板で、マーク・マーフィーがそわそわと歩きまわっていた。USBメモリーを積んだドローンが到着するのを待っていた。機関車がまたトンネルにはいるのが見えたとき、マーフィーは目を細くして太陽のほうを眺め、サングラスを持ってくればよかったと思った。列車の状況が見えないのが、腹立たしかった。甲板に出る前にマーフィーは、照明を落とした作戦指令室《オプ・センター》で、カブリーヨとエディーのやりとりを聞いていた。プレデター無人機がいて、いつでもヘルファイア・ミサイルで列車を爆破できると、カブリーヨが幻龍の頭目を脅すのが聞こえた。上空を旋回する攻撃型ドローンはいないが、その脅しははったりではなかった。オレゴン号には、一海里沖の現在位置から列車全体を破壊できるだけの火力がある。

マーフィーはオレゴン号の砲雷長なので、それを知り尽くしている。マーフィーは軍隊にも情報機関にもいたことがないただひとりの乗組員だが、二十歳ですでに最初の博士号を得て、兵器設計者として国防産業につとめてから、〈コーポレーション〉にくわわった。いまの仕事が大好きなひとつの理由は、乗組員にあるがままの姿を受け入れてもらえるからだ。カブリーヨはマーフィーのパンクロック・スタイルを変えさせようとはしないし、保養慰労休暇《R&R》中にオレゴン号の甲板をスケートボード場に改造するのも許可する。しかも、好きな音楽をめいっぱいのボリュームでかけて、エリック・ストーンと夜更けまでビデオゲームができるように、他の船室とは離れたところに、船室をあたえられている。

いつものように、マーフィーは黒ずくめだった。擦《す》り切れたジーンズと、スクリーチング・ウィーズルというロックバンドのロゴのTシャツ。髪は黒く、ぼさぼさで、顎鬚と本人が呼んでいるみすぼらしい黒い房が顎にある。カフェインを含んだエナジー・ドリンクをたえまなく摂取するせいで、ひょろりとした長身にはなかなか肉がつかない。マーフィーは、外見についてふつうの社会人の通念を破っているだけではなく、服や見かけのことを考えるのは時間の無駄だと思っている。

親友のエリックがオレゴン号にいるときには、ふたりはたいがいいっしょにいる。ふたりは最年少の乗組員で、ソフトウェアの複雑なコードの仕組み、ゲーム、インターネットのデート系サイトが好きだという共通点がある。インターネットのデートは、期待どおりにうまくいったためしがない。マーフィーは、アーレイ・バーク級ミサイル駆逐艦の極秘兵器システムをともに開発していたエリックに説得され、〈コーポレーション〉にくわわった。

マーフィーが早くドローンを回収したいと思っているのには、そういうわけがあった。エリックたちが列車にいる時間が延びれば、それだけ危険が大きくなる。オレゴン号はただの職場ではなかった。乗組員は家族だった。マーフィーは、自分の仕事に誇りを持っているが、危険な状況を乗組員仲間が切り抜けるのを助けたいという気持ちが、ほんとうの原動力だった。

マーフィーは、世界有数の兵器設計者だったときも、かなりの高給を得ていたが、オレゴン号は利益の大きい職場でもあった。〈コーポレーション〉はパートナーシップに基づく組織で、全乗組員が利益の配分を受ける。任務が危険で難しいほど、受け取る給料は増える。だれもがマルチミリオネアになって引退するのを期待している。

この任務は、オレゴン号が実行してきた任務のなかでも、もっとも手が込んでいる。今回はとくに、作戦のもっとも重要な部分を自分たちで操ることができないので、マーフィーは早く任務を終えたくて、じりじりしていた。

「ドローン1《ワン》、接近中」マーフィーがかけていたヘッドセットを通じて、ゴメスが報告した。「右舷四時方向」

マーフィーは向きを変え、手をかざして、沈みかけている夕陽を遮った。オレゴン号の甲板は、実情を知らない人間には不安を感じさせるありさまだった。遠目には、スクラップとして解体される寸前に見える。近くで見ると、さらにひどい姿だった。

全長一七〇メートルのオレゴン号は、太平洋北西部から日本に材木を運搬する船として建造されたが、排水量一万一六〇〇トンの貨物船として活躍したのは、何十年も前のことだった。甲板に散乱している穴のあいたドラム缶や壊れた機械、手摺がなくなっている切れ目に取り付けた鎖など、あらゆるものが錆《さ》びついているように見える。塗装はうろこ状に剝がれ、濃さがまちまちの不気味な色調のグリーンで、でたらめに厚く塗り重ねてある。五基あるクレーンのケーブルはほつれて垂れさがり、いまにも切れそうに見える。

鋭い刃物のような船首から、シャンパン・グラス形の優美な船尾に至るまで、オレゴン号の船体には鋼板が溶接されていた。船をまっぷたつに引き裂きかねない割れ目、それで隠しているようにも見える。薄汚れた白の上部構造が、船首側に三カ所、船尾側に二カ所ある船艙五カ所を区切っている。カビに覆われた窓から、船橋《ブリッジ》内がかろうじて見える。窓のひとつにはベニヤ板がかぶせてある。ダクトテープでまとめた曲がったアンテナが、上に突き出していた。

オレゴン号のぼろぼろの外見は、マーフィーには見慣れた光景なので、気にも留めずに、ぐんぐん近づいてくる小さなクアッドコプター型ドローンを見守っていた。ドローンは、そばのドラム缶におりて停止した。マーフィーはそれをさっとつかんで、近くのドアに向けて走った。

「回収した」船内にはいりながら、マーフィーはいった。「おりていくと伝えてくれ」

通路の欠けたリノリウムは、一メートルごとに得体の知れない物質で茶色く汚れ、剝がれかけた壁がたわんで、いまにも崩れそうだった。点灯している数すくない蛍光灯《けいこうとう》は、またたき、バチバチ音をたてていた。マーフィーがそばを通ったバスルームは、どろどろの汚れが分厚くこびりつき、ひどい悪臭を放っていた。そのため、港長が検査のために乗り込んでも、吐《は》き気をもよおして、ちょっといただけで逃げ出してしまう。

マーフィーは、清掃用具物置のドアをあけた。一度も使われたことのないモップや掃除道具がぎっしりと積んである。流しの湯と水のカランを、マーフィーは金庫破りよろしく特定の順序でひねった。独特のカチリという音につづいて、奥の壁が音もなくあいた。マーフィーは急いでそこを通りぬけながら、反対側のボタンを押して隠し扉を閉めた。

まるで下水道から豪華なホテルにはいったみたいだった。悪臭がたちまち消えた。モネやルノワールのような巨匠の絵が、マホガニーの鏡板の壁に飾られ、間接照明が廊下に温かな光を浴びせていた。豪華なカーペットが、マーフィーの足音を消した。

腐食したみすぼらしい姿はすべて、念入りに設計された見せかけにすぎなかった。オレゴン号の外見はいまも不定期貨物船そのものだが、友好的な基地司令に大金を払って、ウラジオストックで隅々まで再艤装《ぎそう》をほどこしてある。その司令は作業員たちに、ロシア海軍の最新鋭秘密兵器を建造するのだと説明した。目につかず、怪しまれることがないように、オレゴン号の外側は、ひとが怖気をふるって近づかないように仕立て上げられていたが、内部は、スパイ船というほんとうの任務を行ない、乗組員がくつろげるように設計されていた。

船室はそれぞれ、住む人間の好みに応じて、独自の装飾がほどこされている。マーフィーの船室は、裕福な学生の寮の部屋だといっても通じるだろう。機能的なベッドのほかには、仕事場として巨大なデスクと最新の人間工学に即した椅子があり、最新式のコンソールに接続した巨大なテレビがおもな調度だった。

船室にいないときのマーフィーは、オレゴン号の多種多様な隠蔽《いんぺい》兵器の整備にほとんどの時間を費やしている。船側に溶接された鋼板がぱっとあき、空母が対ミサイル個艦防禦《ぼうぎょ》に使用する二〇ミリ・ガットリング機関砲が現われる。船首のクラムシェルドアがあくと、エイブラムズ戦車の主砲を応用した一二〇ミリ砲が使用できる。銃身が一〇〇本のメタルストームは船尾から出てきて、一分間に百万発という驚異的な発射速度で、タングステン発射体を撃ち出す。甲板にあるオイルが漏《も》れているドラム缶六本には、三〇口径機関銃が隠されていて、乗り込むものがあれば突如として突き出し、オプ・センターからの遠隔操作で撃退する。さらに、監視カメラ・システムで、船全体と水平線までの広い範囲を見ることができる。

防御兵器としては、そのほかに対空ミサイルがあり、攻撃のためにはエグゾセ対艦ミサイル、最新型のロシア製魚雷を備えている。アメリカが関わっていることがわからないように、すべてブラック・マーケットで購入したものだった。マーフィーは、対ミサイル・レーザーと電磁レイルガンを新規に導入したいと考えていた。前回の任務で、それらの兵器が戦闘において絶大な威力を発揮するのを、目の当たりにしたからだ。

衣服や各種の小道具を取りそろえ、映画スタジオもうらやむような特殊メイキャップ設備があるマジック・ショップのほかに、オレゴン号には吃水線《きっすいせん》に艇庫があり、水上バイク、膨張式《ぼうちょう》ボートの〈ゾディアック〉、米海軍のSEALが戦闘に使用する複合艇《RHIB》――〝硬式船体膨張式ボート〟の略――など、あらゆる種類の小型艇を扱える。船体の中心には、オレゴン号でもっとも広い空間のムーン・プールがある。広大な区画のプールの水面は、海面とおなじ高さになるように調節され、巨大な竜骨扉《キール・ドア》から、スクーバ・ダイバーや潜水艇二隻が、水中任務に出動できる。

オレゴン号の奥深い船艙五カ所のうち、船首寄りの二カ所は乗組員居住区に改造され、船尾寄りの二カ所のうちの一カ所は、MD520Nヘリコプター用の格納庫で、エレベーターで甲板にあげて発艦できるようになっている。この三カ所は、甲板から覗かれても貨物が積まれていると思われるように、上に木箱やコンテナをならべて巧妙に偽装してある。

あとの船艙二カ所は、きちんと動くクレーン二基で貨物を出し入れできる。検査に通るように、ほんものの貨物を積むこともある。だが、きょうは船首寄りの船艙には、秘密の貨物が積んであり、マーフィーはそこへ行こうとしていた。

マーフィーが船艙に通じる水密戸《すいみつど》をあけると、材木やコンテナはなく、区画の半分を占める巨大なコンピュータをサーバーのラックが取り囲んでいた。熱帯の炎暑で電子機器が過熱しないように、馬鹿でかい冷却装置が船艙内を冷やしていた。

　ワークステーション三カ所に、男ふたり、女ひとりが詰めていた。三人とも国家安全保障局《NSA》が派遣した局員だった。幻龍がメモリーを売ると持ちかけたとき、カブリーヨのCIA時代からの恩師ラングストン・オーヴァーホルト四世は、二度と訪れないかもしれない好機だと判断した。オーヴァーホルトは、カブリーヨにオレゴン号建造を勧めた人物で、アメリカ政府が〈コーポレーション〉に依頼する任務のほとんどを管理している。

　オーヴァーホルトは、アメリカのコンテナ船を狙う海賊をオレゴン号が東南アジアで取り締まっているのを知っていたので、すぐさまNSA長官とかけあって、特殊任務に必要な装備を用意した。NSA本部《フォート・ミード》の暗号解読用最新スーパーコンピュータは、中国の暗号を解読できるごく少数のコンピュータのうちの一台だが、それをC‐5ギャラクシー輸送機でグアムに空輸し、そこでオレゴン号に積み込んだ。

　オレゴン号には、そのコンピュータを収納する空間があるだけではなく、革命的な推進機関で膨大な電力も供給できる。もとはディーゼル機関を積んでいたが、超冷却した磁石を使い、海水から自然発生する電子を除去する、磁気流体力学《MHD》機関に換装された。ベンチュリ管を強制的に通されるパルスジェットで、オレゴン号ほどの大きさの船ではとうてい不可能な速力を発揮し、推力偏向ノズルを使ってジャックウサギなみの敏捷《びんしょう》な動きができる。

「持ってきたぞ」マーフィーは、アビー・ヤマダにいった。今回の任務でNSAの暗号解読主任をつとめるヤマダは、四十代のすらりとした女性だった。マーフィーはドローンからUSBメモリーを出して、ヤマダに渡し、時計を見てからいった。「あと六分十五秒だ」

「ありがとう」USBポートにメモリーを差し込んで、ヤマダがいった。「急いでやるわ」

マーフィーには機密保全資格があるので、NSA局員たちが作業するあいだ、そこにとどまっていた。三人が消去が引き起こされるのを避けながらハッキングするのを、マーフィーは興味津々で見ていたが、ほんとうは自分でやりたかった。自分の船で傍観者でいるのには、慣れていない。

作業がはじまってから一分たつと、ヤマダの同僚がいった。「厄介なことが起きた」

「なんなの?」キーボードを叩きながら、ヤマダがきいた。

「コードにハッキングしたときに、タイマーを作動させてしまった」

全員が、その局員のほうを向いた。局員の顔は蒼ざめていた。

マーフィーは、その端末に行き、メモリーがパスワードを要求しているのを見た。三分以内に正しいパスワードを入力しないと、メモリーは自己消去を開始し、任務そのものが水の泡《あわ》になる。

10

目の前の大型スクリーンをベトナムの海岸線が流れてゆくのを見ていると、千々《ちぢ》の記憶がマックス・ハンリーの意識の表面に浮かんできた。マックスはベトナム戦争で二度の出征期間をこなし、沿岸部とメコン・デルタを哨戒する高速艇を指揮した。戦闘服には汗が染みわたり、しつこくたかる蚊《か》を叩きながら、マックスと戦友の水兵たちは、かならず起きるはずの待ち伏せ攻撃に備えた。マックスの部下の乗組員は粒ぞろいだった。戦死したり、戦闘中に行方不明になったものも多い。自分の高速艇が大破し、捕虜《ほりょ》になったときに、マックスも危うくそうなりかけた。捕虜収容所に六カ月いて、脱走した。

それから四十年以上が過ぎたいま——腹に一〇キロも余分な肉がつき、かつてはふさふさとしていた髪も薄くなり、いまは禿《は》げ頭を赤茶色の毛が囲むだけになっている——おなじ土地でべつの戦いがくりひろげられるあいだ、エアコンの効いた快適な場所に座っているのが、信じられない思いだった。作戦司令室《オプ・センター》はオレゴン号の中核だった。上部構造の粉飾された船橋《ブリッジ》の真下にあり、新型のクレイ・コンピュータを使って、船のほとんどすべての機能をここから操ることができる。オレゴン号のコンピュータが、最大計算速度はべつとしてNSAのスーパーコンピュータの性能にひけをとらないことが、マックスには自慢だった。

タッチスクリーン式のワークステーションや高解像度の大型スクリーンがぎっしりと正面にならんでいるオプ・センターは、まるで〈スター・トレック〉の宇宙船の未来的なブリッジのようだった。しかも、マックスがいま座っている大きな座席――マーク・マーフィーとエリック・ストーンが〝カーク船長の椅子〟と名付けた――が、どまんなかにあるために、そういう印象がよけいに強まっていた。必要とあれば、その座席の肘掛けの操縦装置を使ってオレゴン号を動かすこともできる。機関長のマックスは、いつもなら奥の機関ステーションにいるのだが、カブリーヨが任務に出かけているので、〈コーポレーション〉社長のマックスが、いまは船を指揮している。

元海軍士官で〈コーポレーション〉の副社長、オレゴン号作戦部長のリンダ・ロスは、いつもならエリックの持ち場の操舵ステーションに座っていた。カブリーヨを除けば、エリックがオレゴン号の操船にもっとも長じているが、リンダもそんなにひけはとらない。

「一海里前方の行く手に漁船が一隻いるわ」リンダが、スクリーンを指差していった。小柄で、鼻が上を向いているかわいらしい顔なので、妖精《ようせい》のような甲高い声がぴったりだが、イージス巡洋艦に乗り組んだ経験があり、発言には権威がある。髪の色と髪型をしじゅう変えていて、いまは黒い髪を編んで、濃い紫色のハイライトを入れている。「海岸のほうに針路を変える？」

「ああ」マックスがいった。「列車とあまり離れたくない。漁船はよけて通って、通りすぎたら、もとの距離を保つようにしてくれ」

「転針する」リンダがいい、手ぎわよくオレゴン号を新しい進路に向けた。

「マックス、マーフからいま連絡がはいりました」レバノン系アメリカ人の通信長、ハリ・カシムがいった。好みの旧式なヘッドセットをはずしたが、押しつぶされていた髪の癖は直らなかった。「船艙で問題が起きたといってます。こっちへ来る」

「どういう問題か、聞いたか？」

「いいえ。走ってるみたいで、息を切らしてます」

「ファンのほうはどうなってる？」

「列車の後方から抵抗があったけど、片づけてます。第二代案《プランC》に変更するそうです」

「こんなに早く？　第一代案《プランB》すら知らないんだぞ。プランCはなんだって？」

ハリが肩をすくめた。「すみません。わかりません」

マックスがスクリーンに目を凝らすと、七両目後部の向こう側でだれかがドアからぶらさがっていた。あの大きな体はリンカーンにちがいない。連結器をどうにかしているようだった。

「なにをやっているのかわからない。ゴメス、列車の画像をもっと拡大できないか？」

ハリのとなりのステーションにいたジョージ・〝ゴメス〟・アダムズは、オレゴン号常勤のドローンとヘリコプターのパイロットだった。空に出動する必要が生じた場合に備えて、フライト・スーツを着込んでいる。二枚目俳優《マチネー・アイドル》なみの美貌は、マクドといい勝負だ。ちがうのは、ゴメスが西部開拓時代の拳銃使いみたいな太い口髭を生やしていることだった。一九六〇年代のテレビドラマ『アダムズのお化け一家』の女家長モーティシア・アダムズに生き写しの麻薬王の妻と不倫したあとで、ゴメスという綽《あだ》名《な》がついた。

「もう精いっぱい拡大しています」ゴメスがいった。「でも、ドローン2をもっと近づけられます」

「あまり近づけるな。列車から見られる危険は冒したくない」

「だいじょうぶです。列車からは逆光になるように飛ばします」

詳しい状況を見るために、ゴメスが観測ドローンを近づけたとき、マーフィーが息を切らしてオプ・センターに駆け込んできた。操舵ステーションのとなりの射撃指揮ステーションに座ると、猛烈な勢いでキーボードを叩きはじめた。

「どうなってるんだ?」マックスがきいた。

「NSAのひとりが、メモリーのパスワード入力画面を出しちまった」指を飛ぶように動かしながら、マーフィーが答えた。「正しいパスワードがわからないと、メモリーが自己消去してしまう。船艙の怪物コンピュータでも、間に合うようにパスワードを見つけるのは無理だ」

「時間はどれくらいある?」

「二分」

「データが失われるのか?」

「おれが手を貸さなかったらそうなる。ハリ、NSAチームを呼び出してくれ」

ハリが、自分のワークステーションでキーボードを叩いた。「スピーカーにつないだ」

マックスは、なにをやろうとしているのかとマーフィーにききたくてたまらなかったが、気を散らすのはまずい。解決策があるとマーフィーが考えているのなら、信頼したほうがいい。

芝居がかった手ぶりで、マーフィーがキーボードを打ち終えた。「やった！　アビー、接続できた」

船舶からアビー・ヤマダが応答した。「ありがとう。処理速度が倍になった。あらゆる可能性を調べているところよ」

「よし」マーフィーはいった。「うまくいったら教えてくれ」

「なにをやったんだ？」マックスがきいた。

マーフィーは座席をまわして、マックスのほうを向いた。「船舶にＮＳＡのスパコンを設置したときに、オレゴン号の電源システムの接続をテストするために、おれたちのクレイと互換性を持たせるためのソフトウェアをインストールしたんだ。もう接続しているから、クレイの制御を向こうに任せるだけでよかった。そうすれば、二台使ってパスワードを解ける」

「われわれのシステムへの影響は？」リンダがきいた。

「重要な影響はない」マーフィーは、にやりと笑った。「でも、インターネットで動画をダウンロードしようとしたら、遅くなるかもしれない」

　マックスが身を乗り出した。「データ解読の時間への影響は？」

「なんともいえない。でも、パスワードを解くのにかかった時間だけ、データ解読は遅れる」

「それじゃ、思ったより持ち時間は短くなるかもしれない」マックスは、リンダのほうを見た。「見つかるおそれがあっても、危険を冒すしかない。岸から四分の三海里以内に接近してくれ」

「アイアイ」リンダが、海軍時代の癖でそう応答し、オレゴン号は海岸線に接近した。

　メモリーを手に入れて、それで終わりにするという任務ではなかった。メモリーのデータをダウンロードし、データを読まれたことを悟られずに中国人に返すのが、最終目標だった。アメリカ国内で活動しているＭＳＳの潜入工作員《モグラ》の身許《みもと》を知ることは、諜報上の大成功だが、身許が暴かれたのを知ったら、中国側は工作員を引き揚げるか、活動を停止させるだろう。何人かを逮捕して、訊問し、役に立つ情報が得られるかもしれないが、本格的な成果にはならない。中国はあらたに工作員を送り込むだろうし、工作員探しはふり出しに戻る。

　しかし、データを読まれたことを悟られずにメモリーを返せば、工作員の身許は割れていないと中国側は考えるはずだ。そして、NSA、FBI、CIAは工作員の動きを追い、会話を傍受しつつ、何年間も偽情報を中国に流すことが可能になる。アメリカの情報機関にとっては、夢のような筋書きだ。そこで、きわめてリスクの大きい非合法作戦が立案された。

NSA要員から朗報が届くのを待つあいだに、ゴメスが観測ドローンをリンカーンの巨体に近づけた。七両目と八両目をつなぐ連結器のそばのホースになにかを取り付けている。八両目から銃撃の光がまたたくのを、マックスは見た。列車はまたカーブに接近していた。「ファンをスピーカーにつなげ」マックスはいった。

「つなぎました」ハリがいった。

スピーカーから、銃声が聞こえた。

「みんな無事か?」マックスはきいた。

「負傷者はいない」カブリーヨが答えた。「だが、勝ち目を五分五分にしようとしているところだ」

「リンクがプランCをやってるのが見える」

「MSS工作員三人にあばよというところだ」

「手伝えることはあるか?」

「窓から出てくるやつがいたら、教えてくれ」

「わかった」

画面では、マクドが身を乗り出して、灰色のブロック状のものをリンカーンに渡していた。リンカーンが長い腕をのばして、それを連結器に押しつけた。体を起こし、親指を立てて、視界から消えた。

「爆発するぞ！」カブリーヨが叫んだ。

連結器が火の玉に包まれてバラバラになった。列車がトンネルにはいったとき、七両目と八両目が離れて、二両のあいだの貫通幌《ほろ》が引き裂かれた。そして、いずれもトンネルの闇に見えなくなった。

無線からは、空電雑音が聞こえていた。

「トンネルで信号が遮られている」ハリがいった。

ゴメスが、ドローンの速度をあげて、トンネルの反対側へ飛ばした。

マックスは、スクリーンから目を離さなかった。列車が現われたとき、八両目と九両目が消え失せていた。

「うしろの二両は、トンネル内で立ち往生している」空電雑音が消えると、カブリーヨの声が聞こえた。「リンクがホースを切ったせいで、エアブレーキが作動した。たぶんトンネル内は無線が通じないから、前の工作員どもには、仲間がいなくなったのがわからないはずだ」

「プランCにしては、うまくいったな」

「まだ終わっていない。解読の進みぐあいは？」

「ちょっとした問題が起きた」マックスはいった。「話せば長くなるが、取り組んでるところだ」

「どうもいい話じゃなさそうだ」

ハリの通信ステーションで予備のヘッドセットを使っていたマーフィーが、マックスに向かっていった。「それに関して、いい知らせがある」

「パスワードを解いたのか？」

マーフィーはうなずいた。「二十秒余裕がある。悪い知らせも聞いてもらえるかな？」

マックスは、眉間に皺を寄せた。「なんだ？」

「オレゴン号のコンピュータを使っても、データ解読に、思ったよりも時間がかかってる」

「どれくらいかかる？」

「会長とチームが川の離脱地点に到達する二分前になると、NSAの連中は予想してる」

「それに、離脱の一分前に、メモリーを戻さないといけない。そんなに速く飛ばせるか、ゴメス?」

ゴメスが口髭をしごいて、渋い顔をした。「この距離で? かなりきわどいね」

状況を察したマーフィーが、USBメモリーを戻せるようになった瞬間にドローンに積めるように、オプ・センターを跳び出していった。

マックスは、リンダのほうを向いた。「海岸の半海里以内に接近してくれ。おれたちが見つからないように、ファンが中国人を牽制《けんせい》してくれることを願おう」

11

タイ

ベス・アンダーズは、仕事で世界中を旅していて、ありとあらゆる騙《かた》りのことを知っていた。バンコクで少年が近づいてきて金をねだったときも、慇懃《いんぎん》にきっぱりと断った。ほどこしの金は、こういう貧しい少年を食い物にする悪党に、そっくりそのまま渡されるとわかっていた。歓楽街パッポン地区のにぎやかな通りを歩くあいだ、ベスはバッグを前に吊るし、留め金を手で押さえていた。

夜になればどの店もけばけばしいネオンがともって、クラブの外に女が立ち、商売道具の体を見せびらかす。だが、夕方の光景は、物悲しかった。パラソルを差しかけた食べ物の屋台がならび、露店ではあらゆる雑誌や見るのもけがらわしいものを売っている。薬局では他の国よりもはるかに安い値段で、ありとあらゆる処方薬を売っている。精神安定剤やサイケデリック・マッシュルームが、ことに人気がある。液体の麻酔薬がほしければ、手に入れられるバーがいたるところにある。酔っ払った観光客が、そろそろナイトライフを楽しもうとしていて、バイクやトゥクトゥクと呼ばれるオート三輪タクシーのひしめく通りをよろよろと歩いていた。

この時間ならだいたい安全だとわかっていたが、独りではないのがベスにはありがたかった。レイヴン・マロイがならんで歩き、たえず周囲に目を配っていた。ベスとはちがって、レイヴンはハンドバッグは持たず、脇にのばした両手があいていた。

「まったく、バンコクでいちばん柄の悪い界隈《かいわい》を、会う場所に選んでくれたものだわ」ベスはいった。

「彼らは麻薬密売業者なんだから」きびきびしたコントラルトで、レイヴンが答えた。「期待するほうがまちがってる」

「最初は、午前二時に会いたいといってきたのよ。でも、だめだと断ったの」

「賢明だった。でも、これでもかなりリスクがある。あなたがなにをやろうとしているかを勘付かれたら、ふたりとも殺される」

「だから元陸軍レインジャーのあなたを連れてきたんじゃないの。わたしを掩護するのが、あなたの役目よ」

レイヴンは、目配《めくば》りをつづけていた。「わたしは憲兵隊の捜査官で、レインジャー学校には願書を出しただけよ。レインジャーが女性を受け入れるようになったのは、わたしが陸軍を辞めたあとだった」

「でもきっと合格していたでしょう」

レイヴンは、肩をすくめた。「どうかしら。受け入れられなくて正解だったかも。いまの仕事のほうが、ずっと稼げるから」

「うまくいったら、たしかにそれだけの報酬に見合う働きだわね」

半ズボンにTシャツという格好の三十代の白人男性が、ふたりのほうへよろよろと歩いてきて、レイヴンを見ると、まっすぐに近づいてきた。レイヴンが立ちどまらなかったので、ベスも歩きつづけた。男はふたりよりも身長が一五センチ以上高く、体重も二〇キロほどしのいでいた。ふらりと向きを変えてレイヴンにならび、酔っ払っているにもかかわらず、歩調を合わせてついてきた。一メートル離れていても、男の息にジンの臭いがするのを、ベスは嗅ぎ分けた。

「ヘイ、ベイビー」男がレイヴンに声をかけた。ベスには目もくれない。「あんたみたいな女を、一生ずっと探してたんだ」

「股を蹴飛ばしてくれる女を?」レイヴンはすかさず応じた。

男が目を丸くした。「おい、あんたアメリカ人か。おれはフロリダから来たんだ。名前はフレッド。あんたは?」

「酔ってて、股を蹴飛ばすっていうのが聞こえなかったのね。蹴られても感じないくらい酔ってると思う?」

「おい、それがおなじ国の人間にいうことか? あんたはかわいいって、いっただけじゃないか。かわいいのをかわいいといって、なにが悪い?」

「ひとつ、あんたがどう思おうが、知ったことじゃない。ふたつ、わたしはいつも馬鹿にはそういうの」

フレッドがようやくレイヴンの横を歩いていたベスに気づいた。「わーお、あんたもすごくセクシーだな。こっちの女がその気になれないんなら、おれとあんたで楽しもうぜ」

「よく聞いて、フレッド」レイヴンがいった。「これが最後のチャンスよ。ちょっかいを出すのをやめないと、わたしの膝とあんたのだいじなところが、敵同士になるわよ」

「せっかくの気分を壊すようなこと、いうなよ」フレッドがいった。「パーティがしたいんだろ。さもないと、ここには来ないはずだぜ」

そのとき、フレッドはレイヴンの肩に手を置くという過ちを犯した。

電光石火《でんこうせっか》の早業《はやわざ》で、レイヴンがフレッドの手をつかみ、逆手《さかて》をかけた。フレッドが悲鳴をあげて、手首が折れないように向きを変えた。レイヴンが、いまいったとおり、フレッドの股に強烈な膝蹴りを入れた。

フレッドがウッという声を発して、息を吐き出し、膝を突いてから胎児《たいじ》の姿勢に体を丸め、情けない声を漏らして股間《こかん》を押さえた。

まるで邪魔な小石を靴でどかしただけのように、レイヴンは大股で歩くのをやめもしなかった。

レイヴンがこんなふうにぶしつけに口説《くど》かれるのは、いまにはじまったことではないだろうと、ベスは察した。レイヴンは、漆黒の髪をポニーテイルにまとめ、頬《ほお》が張っているくっきりした顔立ちで、ベスもうらやむほどつややかなカラメル色の肌の持ち主だった。ノーメイクでも、すごい美女だ。ぴったりしたTシャツがたくましい二頭筋と肩をあらわにしていたが、細いウェストのまわりはゆったりしている。完璧な曲線の脚に、ジーンズがぴったり張りついている。過酷な鍛錬《たんれん》の内容を詳しく聞くだけで、ベスは汗だくになりそうだった。

あらためてレイヴンを見て、フレッドという男がタイ人だと勘違いしたわけが納得できた。どういう人種なのか、見極めにくい顔立ちなのだ。見る角度によって、アラブ人、インド人、ヒスパニック、ポリネシアンにも見える。だが、レイヴンはほんとうは、チェロキー族とスー族の混血のネイティブアメリカンだった。アイルランド人の苗字《みょうじ》は、いずれも軍人だった養父母から受け継いだ。顔立ちと肌の色のおかげで、レイヴンは世界中の数十種類の文化に溶け込むことができる。

いっぽう、ベスはどこから見ても白人で、スコットランド観光の宣伝にでも出てきそうだった。身長はレイヴンとおなじだが、豊かな赤毛が波打ち、肌は雪花石膏《せっかせっこう》のように白い。ジョギングできるときには走っているので、体は引き締まっていたが、レイヴンのスポーツ選手なみの体格がうらやましかった。もっとホテルのジムに行こうと、ベスは決心した。

〈大ミミズ《ナイトクローラーズ》〉と呼ばれるクラブに着いたときも、フレッドのうめき声がうしろから聞こえていた。ベスは足をとめて看板を見た。信じられないくらい痩せた女が描かれ、店名をかたどったネオンがそれを囲んでいた。

「忘れないで」レイヴンがいった。「まずいことになったら、わたしにぴたりとくっついてて」昨夜に下見したあとで、すべての出口も含めた建物内のレイアウトを、レイヴンはベスに説明した。逃げ出さなければならなくなった場合のために、つねに逃げ道を調べておくのだと、レイヴンはいった。

「前にも、こういうひとたちと取り引きしたことはあるわ」ベスはいった。「みんなお金にしか関心がないのよ」そのほかの取り引き相手よりも厄介だというのはいわなかったが、声音でそれはわかった。

「いまからでも中止できる」レイヴンはいった。「車に戻って、インターポールに通報すればいい」

不安を感じてはいたが、ベスの決意は固かった。

「そうやって五百万ドルもらえる機会を投げ捨てるの？　しかも、史上最大の美術品盗難を解決できるかもしれないのに。だめよ」

ふたりはクラブにはいり、巨漢の用心棒に出迎えられた。

「クラブは九時にならないとあかない」用心棒が英語でいった。

「わたしはベス・アンダーズ」ベスはいった。「ウドムと会う約束があるの」

用心棒がうなずき、奥の階段を指差した。

ウドムは、ここで会う話を決めたタイ人麻薬密売業者のファーストネームだった。苗字は明かさなかったが、ベスもきかなかった。一九一三年に法律で定められて、苗字が必要になったが、多くのタイ人はいまだにできるだけファーストネームで通そうとする。

ふたりは二階にあがり、べつの用心棒に出迎えられた。入口にいた用心棒よりもさらに体が大きかった。ベスがまた名乗り、通された。

ウドムは四十代のひょろりとした男で、デスクに寄りかかっていた。麻薬の売人は、快楽を求めてやってくる観光客に売るクリスタルメスやエクスタシーを自分ではやらないと、ベスは思っていたが、ウドムのガリガリに痩せた体と落ちくぼんだ目を見て、その確信は揺らいだ。

そこはかなり広いオフィスで、十数人がいた。半分はタイ人のようだったが、あとはすべて筋肉増強剤でたくましい体を作っていて、どこかはわからないが、べつの東南アジアの国の人間らしかった。

「はいってくれ、アンダーズ博士」ウドムが、笑みを浮かべていった。「いっしょにいる美しい女性は、どなたかな?」

「アシスタントのレイヴンです」

「わかった。では仕事をはじめよう」

ウドムがさりげなく両手でまわしているものを見て、ベスの動悸《どうき》が速くなった。それは旗竿《はたざお》のてっぺんに取り付けるフィニアルという装飾品で、高さ二五センチのブロンズの鷲《わし》だった。

もう二十五年以上も行方を探されているフィニアルを、この麻薬密売業者は安物の文鎮《ぶんちん》でもあるかのようにいじくっている。

ベスの専門は、美術史だった。コーネル大学で博士号を得たあと、学問の世界で身を立てようとした。だが、保険会社に依頼されて、ニューヨークのペントハウスでピリオネアの所有するピカソの絵を鑑定したときに、その計画は立ち消えになった。ピカソの絵が巧妙に作られた偽物と入れ替えられているのをベスが突き止め、さらに捜査に協力して、一千万ドルの価値がある絵を取り戻すことができた。

自分に捜査の才能があることにベスが気づくとともに、その特異な技倆《ぎりょう》への需要が美術界で高まった。美術品を取り戻せば、保険会社は何百万ドルもの保険金を払わずにすむ。また、ベスは贋作《がんさく》を見分ける技に秀でていたので、バイヤーやオークションハウスのために美術品を鑑定して、それでも収入を得ていた。

ベスは、美術品のブラック・マーケットでも、高い評判を得ていた。前に協力しただれかがウドムにベスを推薦し、すぐに見分けられるはずのきわめて貴重な絵の鑑定と値段の評価を、ウドムが依頼した。ベスは仕事をする相手を選ぶので、ウドムは真剣であることを証明するために、最近の日付のはいった新聞の横に置いた鷲のフィニアルの写真を、名刺代わりに送った。

「見てもいいかしら」ベスは、両手をのばして、うやうやしく足を進めた。

ウドムが、フィニアルを差し出した。「そのために来てもらったんだ」

ベスはフィニアルを受け取り、美術界でほとんど伝説のようになっているものを持っている興奮でふるえそうになるのをこらえた。

一九九〇年、ボストンのイザベラ・スチュワート・ガードナー美術館で、史上最大の個人収蔵品の盗難が起きた。盗まれた美術品は十三点で、フェルメール、レンブラント、ドガ、マネといった巨匠の絵が含まれていた。美術品の総額は五億ドルとされ、賞金五百万ドルはいまなおだれも請求していない。ナポレオンの旗を飾っていたその鷲のフィニアルだけでも、十万ドルの賞金を受け取れる。

二十年ほど前からずっと、盗まれた美術品は犯人たちによって破却されたものと思われ、美術館が展示場所を空けたままにしている名画の数々を取り戻すのを、ほとんどの人間があきらめている。だが、そのフィニアルは、美術品がいまも何点か存在しているという証拠だった。

ベスが写真で記憶している鷲のフィニアルを持つのは、気が遠くなりそうな経験だった。細かい部分までじかに見られるのだから、驚くべきことだったが、この一点だけが目的ではなく、もっと大きな最終目標があるのを、忘れてはならなかった。

ベスはハンドバッグをあけて、宝石商が使うルーペを出し、フィニアルを綿密に調べたが、本物だというのを疑ってはいなかった。名画のところへ案内してくれる超小型発信機を掌《てのひら》に隠していて、それを取り付けるのが、ほんとうの狙いだった。

麻薬密売業者が取り引きの支払いに貴重な絵画を使っているという噂が、何年も前からささやかれていた。絵は巻いて国際線の飛行機で運ぶことができる。現金よりも動かしやすい。だから、暗黒街では美術品が通貨のようにやりとりされているというのだ。問題は、無価値な贋作をつかまされないように、本物だというのを確認しなければならないことだった。ブロンズのフィニアルは、取り引きに使われる絵の出所を証明するために使われてきたにちがいない。

ベスは、インターポールに強制捜査を行なわせることも考えたが、名画を見つける唯一の機会が失われるのを怖れた。そこで、美術品をすべて一度で見つける計画をひねり出した。

ある協力者から渡された発信機は携帯電話のＳＩＭカードよりも小さく、柔軟性があって、透明だった。裏には強力な接着剤がついている。フィニアルの旗竿を受ける筒に、だれにも気づかれないように押し込めばいいだけだった。フィニアルが持ち主とともに美術品を保管してある場所に移動したら、インターポールを呼んで強制捜査を行なわせ、名画を回収して、賞金を獲得する、というのがベスの計画だった。

「どうだ？」ウドムが促した。

男たちがレイヴンに見とれている隙に、ベスは発信機を親指でフィニアルの筒に押し込んだ。探そうとしないかぎり、だれにも発見されないはずだった。

ベスは、ウドムのほうを見た。「これはガードナー美術館から盗まれた品物だと、確実に立証できる」

ウドムが、タイ人ではないひとりに目を向けて、にやりと笑った。「それじゃ、商売ができそうだな、タガーン」

タガーンと呼ばれた男は、タイ人ではない一団のリーダーにちがいなかった。うなずき、プラスティックの筒を持って進み出た。筒から巻いたカンバスを抜き、デスクにひろげた。

「これの値段をおれたちに教えろ」タガーンがいった。

それを見て、思わずベスは口をぽかんとあけた。タガーンが無造作にひろげた二五センチ×三〇センチのカンバスは、印象派の画家エドゥアルド・マネの傑作〈トルトーニ家にて〉だった。

「さあ、教えてくれ」ウドムがそういってから、手下のほうに顎をしゃくった。手下が全員、拳銃を抜いて、タイ人ではない連中に狙いをつけた。「本物だと鑑定する方法があると、あんたはいった。おれたちが騙されて贋作をつかまされないように、証明してくれ」

ベスは、レイヴンのほうを見た。ふだんとおなじように落ち着いているように見えるが、頭を目まぐるしく働かせているのは明らかだった。レイヴンが、心配するなという目つきをしたので、パニックを起こしそうになっていたベスは、恐怖に耐えることができた。

マネの絵に近づくとき、自分の評価がきわめて重大だということをベスは意識していた。麻薬密売業者のデスクに置いてある小さな絵が本物のマネなら、二千万ドルの価値がある。そうでなかったら、持ってきた連中は皆殺しにされるだろう。

12

リンカーン、マクド、エリックが、食堂車の入口に銃を向け、カブリーヨはオレゴン号をじっと見ていた。

「ドローンはどこだ？　もうじき川の手前の最後のトンネルだ」

「こっちからはそっちが見えてますよ、会長」ハリがいった。「ＮＳＡのアナリストがやっとメモリーのデータをダウンロードしました。マーフがたったいまドローンを甲板から発進させました」

「エディー、そっちから教えられることは？」

エディーが、低いささやきで答えた。「やつら、わたしの案を認めました。いま、位置についています」

カブリーヨは、ドローンが飛んでいるのがわかっていたので、見分けることができた。注意を惹《ひ》きつける銃撃戦がとうに終わっていたので、中国人に見つからないように、ゴメスはドローンを窓ではなく列車の後尾に向かわせていた。

ドローンがあいたドアから飛び込み、カブリーヨのそばの座席におりた。カブリーヨは蓋をあけてUSBメモリーを出した。ドローンがブーンという音をたてて、もと来た方角に姿を消したとき、列車がトンネルにはいった。

カブリーヨはチームを集合させて、万事用意ができていることを確認した。これからが任務のもっとも危険な瞬間になる。それぞれが役割を正確に演じないと、生き延びることはできない。

カブリーヨは、食堂車のドアをあけ、P90サブマシンガンの照準器ごしに覗き込んだ。

MSS工作員の姿はなかった。幻龍の下っ端の死体が床に転がり、座席に倒れ込んでいるだけだった。

カブリーヨは姿勢を低くしてさらに進み、車両の奥に工作員が潜んでいないかと、左右を見た。横ばいに進みながら、そばの座席のクッションに手を置いてバランスをとった。

ジミー粛《スウ》と向き合った席まで行くと、カブリーヨは叫んだ。「敵影《クリア》なし！」それが合図だった。

幻龍のひとりの死体に化けていたエディーが、さっと起きあがって、カブリーヨの首に腕をまわして、こめかみにマシンピストルを突きつけた。カブリーヨはP90を捨て、エディーがそれをうしろのほうに蹴った。

エディーが中国語でなにやら叫び、MSS工作員三人が、隠れ場所から跳び出した。仲《チョン》が先頭で、三人ともアサルト・ライフルをカブリーヨとエディーに向けた。

「メモリーはどこだ?」仲が英語で荒々しくきいた。

「わたしを殺したら、ぜったいに見つからないぞ」カブリーヨはいった。

「まだ食堂車のどこかにあるはずだ」エディーがいった。「そうでなかったら、戻ってくるはずがない」

「そういい切れるか? 途中で窓から投げ捨てなかったと、どうしてわかる?」カブリーヨは、わざと、はったりだと読まれそうな声でいった。

「殺さなくてもいい」エディーがいった。「痛めつけるだけでいいんだよ」

そして、電光石火の速さで、マシンピストルを下に向け、カブリーヨの足を撃った。

デイヴィッド堯《イアオ》がアメリカ人の足を撃ったので、仲はひどく驚いた。そのマシンピストルには弾薬がこめられていないと思っていたからだ。

足から血が噴き出し、アメリカ人は痛みに叫びながら倒れた。堯が引き起こして、アメリカ人の頭にまたマシンピストルを突きつけた。

「どこにあるか、いえ！」堯がどなった。

「わかった。いう」アメリカ人があえいだ。「だが、あんたに殺されないと、どうしてわかる？」

「いわなかったら殺す」仲がいった。「それはわかるはずだ」

「そうしたら、わたしの部下があんたを殺す」

「やってみろ」

堯の顔に、おかしな表情が浮かび、アメリカ人を車両の後部へひっぱっていった。

仲が足を進めた。「堯、なんのつもりだ？」

「死にたくなければ、おれといっしょに来い」

「メモリーを手に入れたら、あんたはおれたちをふたりとも殺すだろうな。メモリーのありかを吐かせてから、おれはアメリカに亡命させてもらうことに賭ける」

仲が笑った。「こんなことをやったおまえを亡命させると思うのか？」

「アメリカの工作員をひとり助けたら、亡命させてくれるかもしれない」堯が、食堂車とうしろの車両の接続部にはいり、足をとめた。アメリカ人のこめかみに銃口をいっそう強く押しつけた。「さあ、メモリーのありかをやつらに教えてやれ。さもないとおれたちはいっしょに死ぬことになる」

アメリカ人が歯を食いしばったが、食堂車を調べたときに仲と部下がレノボのノートパソコンを見つけたところに近い座席を、ちらりと見た。

仲がにんまりと笑った。アサルト・ライフルをふたりに向けたままで、その座席に近づき、そばにしゃがんだ。クッションに深く手をつっこみ、指で奥を探ると、硬いプラスティックに指が触れた。引き抜くと、USBメモリーだった。シリアルナンバーは、盗まれたメモリーのものと一致していた。

仲がにやりと笑って、部下に撃てと命じかけたとき、アメリカ人が堯を押しのけ、六両目の車両に突進した。バランスを崩した堯のマシンピストルが空に向けて発射され、ふたりとも六両目の床に倒れ込んだ。

そのとき、食堂車との接続部が爆発した。

何者かが連結器を狙って撃ったにちがいない。六両目からブレーキの甲高い音が聞こえ、後方へ離れていった。それが当初からカブリーヨたちの出口戦略だった。仲の部下がいた八両目と九両目をさきほど爆薬で切り離したのは、そのためだった。カブリーヨたちが乗った六両目とそのつぎの七両目は、列車が渡りかけていた橋のたもと近くで停止した。

　遠ざかる車両からアメリカ人が発砲していたが、仲はもう戦うつもりはなかった。堯をアメリカ人がどうしようが、知ったことではない。メモリーが手にはいったのだからどうでもいい。

　仲はスマートフォンのアダプターにメモリーを差し込み、前方でべつのアメリカ人が待ち伏せていて、メモリーを奪回しようとした場合に備え、データの消去を開始した。三十秒後に、メモリーが七十五回上書きされたことを、アプリが伝えた。地球上のどんなコンピュータも、もうデータを復旧することはできない。

　仲はにっこりと笑って、上司にあとで見せるためにメモリーをポケットに入れた。ジミー粛を捕らえてあるから、あとで訊問し、幻龍がどうやってメモリーを盗んだかを聞き出すことができる。

　仲はパイロットに連絡し、ヘリコプターを会合点によこすよう命じた。だが、列車を切り離されてしまった工作員三人には、罰をあたえることにした。あいつらは歩いてジャングルを出て、ヒッチハイクで帰ればいい。

　列車が見えなくなると、カブリーヨはいった。「みんな、怪我はないか？」

エリックが、カブリーヨの足の血みどろの弾痕のそばにしゃがんだ。「最高。ほんものみたいだ」

「ケヴィン・ニクソンに計画を伝えたときには、義肢をまた修繕しなければならないから、最高だとは思われなかった」偽装を完全にするために、カブリーヨは自分の血を使った。作戦の前日に医務長のジュリア・ハックスリーに採血してもらい、小袋に密封して、ブーツの内側に入れておいたのだ。

カブリーヨはさっと立ちあがった。義肢を撃たれても、痛くもかゆくもない。エディーの背中をどやした。「さっきは名演技だったな。てっきりほんとうの幻龍の下っ端かと思った」

「予備弾倉を一本手に入れられてほっとしましたよ」

「渡した銃に弾薬がこめられていたのを知ったときの仲の顔は、見物《みもの》だったな」

「デイヴィッド堯が生きていて、文字どおり跳びはねているのを見たときのジミー粛の顔も、見せたかったですね」エディーはいった。「手下が裏切って、堯を殺さなかったのだと思ったにちがいない」

「きみはもうもとの自分に戻れる。堯の死体は、一週間後くらいに海軍が捨ててから、発見されるだろう。裏切りを知った三合会に消されたと、仲は思うはずだ」

「そのタトゥーはすこし残しておいたらどうかな」マクドが、エディーの首を指差した。「その龍はものすごく怖そうだ」

「いや、いらないよ。オレゴン号に戻ったらすぐに洗い落とす」

「そういえば、そろそろ移動しないといけない。おれたちが鉄道をめちゃめちゃにしたのが、ベトナム人に見つかる前に」

「まったくだ」カブリーヨは、無線でハリを呼び出した。「複合艇《RHIB》はわたしたちが隠した場所にあるかな？」急いで逃げなければならなくなった場合に備え、ＲＨＩＢは任務開始前にあらかじめ配置してあった。

ややあって、ハリが応答した。「ゴメスのドローンでずっと監視してました。川べりの藪に隠したままの状態です」

「それじゃ、グアムに針路をとるよう、マックスに指示してくれ」

「そちらの用意ができたら、いつでも出発できるといってます」

「ありがとう」カブリーヨは通信を切った。「さあ行くぞ。腹ペコだ」

構脚橋を二〇メートル渡りかけていた車両から、一行はおりた。エディーが真下の水面を橋の縁から覗いているのに、カブリーヨは気づいた。

カブリーヨはそばで足をとめて、頬をゆるめた。「第三代案《プランD》をやらずにすんで、ほっとしているんだな?」

エディーがうなずき、にやにや笑ってカブリーヨのほうを見た。「走っている列車から跳びおりるよりも、斜面をのんびりと歩いて下るほうが気楽ですからね」

13

タイ

「なにをしてるんだ?」ウドムが、荒々しくきいた。

武装した男たちに囲まれて、絵の上に身を乗り出していたベスは、両手がふるえるのをこらえながら、気のきいた台詞で応じようとした。だが、結局ほんとうのことをいった。「マネの絵の縁を調べているのよ」

「なぜだ?」タガーンがきいた。フィリピン人だろうと、ベスにはもうわかっていた。ブロンズのフィニアルを握りしめているのは、彼のものだからだろう。ニンニクの臭いが不快だったので、ベスはタガーンから離れようとした。

「ガードナー美術館から盗まれた絵は、枠から切り離されたの。枠はまだ美術館で吊られたままよ。残っていたカンバスの縁を高解像度スキャンしてあるから、絵と比べて見れば、本物かどうかがわかる。指紋みたいにふたつとないものだから。わたしはガードナーに知り合いがいて、そのスキャンのコピーをもらったの」スマートフォンを差しあげて、画像を見せた。拡大されたカンバスの縁が、はっきりと見えた。「絵そのものを偽造できたとしても、切られたカンバスの縁の色や織り目は偽造できない」

絵の四辺のさまざまな場所を調べ、まちがいなく盗まれた絵だと、ベスは確信した。状況がちがっていれば、恐怖におののくのではなく、失われた貴重な美術品を手にしている興奮に打ちふるえていたはずだ。

長く時間をかけすぎたらしく、じきにウドムが怒りはじめた。「もうじゅうぶんに見ただろう。結論をいえ」

ベスは立ちあがり、レイヴンの顔を見た。レイヴンが悟られないくらいかすかにうなずいて、先に進むよう促した。ウドムが期待をこめてベスの顔を見ていた。いっぽうタガーンは、ベスの判定に不安を抱いていないようだった。

「絵を念入りに調べた結果、本物だと断定するしかないと思う」

「まちがいないか？」ウドムがきいた。

「疑問の余地はないわ」スキャンした画像と絵の縁が一致しているのを、ベスはウドムに示した。「ほら。線がぴたりと合う。これは確実にエデゥアルド・マネの〈トルトーニ家にて〉よ」

ウドムの手下たちが、指示に従って銃をおろし、ベスはほっとして膝の力が抜けそうになったので、デスクに寄りかからなければならなかった。ウドムが百ドル札の束をベスに渡した。ベスは数えないでそれをハンドバッグに入れた。

「約束の五千ドルだ」ウドムがいった。「またこういう仕事を頼むかもしれないから、このことは黙っていてくれるだろうな」

タガーンが進み出た。「絵の推定価格は?」

「公開されている市場なら、オークションで千五百万ドルから二千五百万ドルでしょうね」

「幅を持たせるわけにはいかないんだ」ウドムがいった。「今後の取り引きのために、決まった数字がほしい」

「では、二千万ドルにしましょう」ベスは、タガーンのほうを見た。「わたしが巻いてもいい? 取り扱いが難しいのよ」美術史家のベスとしては、絵を運ぶときに巻くべきではないと思っていたが、それが無理なのはわかっていた。

タガーンが眉間に皺を寄せたが、うなずいて、プラスティックの筒をベスに渡した。

ベスはデスクの上で絵を慎重に巻きながら、それによって傷んでしまうかもしれないと思い、顔をしかめそうになるのをこらえた。プラスティックの筒にそっと入れて、蓋をした。タガーンのような汚らしい男に名画を渡すのは、気が進まなかった。

ウドムが手をのばした。「おれがもらう」

タガーンが、ウドムを睨みつけた。「なんのつもりだ？ 今後の取り引きのために、ここで会って絵の値段を決めるという約束だっただろうが」

「忘れたのか、タガーン。シンガポールに輸送中の荷物が失われた分の貸しがある。船一隻分の品物が焼却された。この絵はその支払いに充《あ》ててもらうのが当然だ」

タガーンは怒りのあまり、傍観者がいるのも忘れたようだった。「おれたちの過失じゃない。おまえらが悪い。インターポールのおれたちの潜入工作員《モグラ》が、その貨物船を臨検すると伝えてきた。おまえらは、もっと早く積荷をおろすべきだった」

「積荷の代金を払ったのに届かなかった。払い戻しと考えてもらおう」

緊張した一瞬、そこにいた全員が凍りついた。ベスは、筒をどうすればいいのかわからなかったが、どちらに渡しても殺されかねなかった。結局、決める必要はなかった。

ベスは自動車事故を目撃したことはなかったが、事故に遭った人間が、スローモーションのように起きたというわけが、いま納得できた。

ふたつの集団が銃を抜くのが、どろりとした糖蜜《とうみつ》のなかで動いてでもいるように遅く感じられた。ジャケットの裾をめくり、ホルスターに手をのばし、それぞれの国の言葉でわめくのを、ベスは細かい部分まではっきりと意識していた。

レイヴンがぶつかってくるのがちらりと見え、床に押し倒されたとたんに、四方で銃が発射され、木や石膏ボードや人間の体に食い込んだ。ベスは耳を手で押さえて鼓膜が破れそうな銃声や叫び声を防ぎたかったが、片腕を脇にくっつけて、プラスティックの筒を押さえていた。

ドアがあき、外にいた用心棒が発砲しながら駆け込んできた。

「来て！」レイヴンが耳もとで叫び、ベスをひっぱって立たせ、廊下に押し出した。ベスが惨状を見ようとして思わずふりかえったとき、ウドムの手下のひとりが銃口を向けているのが目にはいった。その男が発砲する前に、額に血まみれの穴があき、男はセメント袋みたいにくずおれた。

弾丸はうしろから飛んできたのだと、そこでようやく気づいた。びっくりして向き直ると、ホテルの部屋でウェストバンドのうしろに差し込むときに見せてくれた拳銃で、レイヴンが撃ったのだとわかった。

「急いで！」レイヴンが叫び、ドアを閉めて廊下を駆け出した。弾丸がドアを貫通したが、ふたりには当たらず、壁に突き刺さった。

ふたりが階段を急いでおりてゆくと、正面出入口にいた用心棒が銃を抜いてあがってきた。

「たいへん！」レイヴンは、わざとヒステリックな声で、用心棒に向かってわめいた。「あっちでみんな殺し合ってる！」

それを聞いて、用心棒がいっそう速く駆け出した。ふたりには目もくれずに、すぐ横を突進していった。

一階に着いたとき、上でドアがあき、廊下にまた銃弾が撃ち込まれる音をベスは聞いた。大きなドサッという音は、大男の用心棒が倒れた音にちがいない。つづいて重い足音が、ふたりを追ってきた。

「外へ！」レイヴンが叫び、ベスの腕をつかんだ。

ふたりは出口に向けて突っ走った。夜が近づいていたので、通りはさきほどよりも活気づき、ひとが増えていた。ふたりが道路に駆け出したとき、ベスは女にぶつかった。四つん這いに倒れた女が、タイ語でベスをののしった。

「ごめんなさい！」ベスが思わず叫ぶと、レイヴンにそこから引き離された。

ふたりが角をまわったとき、うしろで悲鳴が湧きおこった。恐ろしい形相《ぎょうそう》の殺人鬼たちが、拳銃をふりまわしながらクラブから出てきたにちがいない。

「車まで行くのは無理よ」レイヴンがいった。ベスはアドレナリンの分泌と走ったせいで肺が痛かったが、レイヴンはぜんぜん息切れしていなかった。

「どうするの?」

レイヴンは、エンジンをかけたままのバイクのほうへ、ベスをひっぱっていった。持ち主は屋台で食べ物を買っていた。レイヴンはバイクにまたがり、叫んだ。「乗って!」

ベスはプラスティック筒をハンドバッグのストラップに通し、うしろに跳び乗って、レイヴンの腰をつかんだ。

レイヴンがスロットルをふかし、タイヤの跡を路面に残し、加速して遠ざかった。豚肉の串焼きを持った持ち主がどなりながら追いかけてきたが、すぐに引き離した。ベスは必死でしがみついていた。

うしろを見ると、タガーンが猛烈な勢いで追いかけてきた。追いつけるはずはなかったので、不意に立ちどまり、拳銃を構えた。ベスが身をかがめたとき、バイクは角をまわった。壁から二発が跳ね返り、タガーンの姿は見えなくなった。

レイヴンはすばやく三度曲がってから、混雑した大通りの往来に溶け込んだ。いまでは道路を走っている百台のバイクのうちの一台でしかなかった。

「さっきは見事だったわね」レイヴンが、肩ごしにいった。「民間人にしては、ということだけど。パニックを起こさなかったので、感心したのよ」

「そうかしら?」バイクの震動のおかげで、ふるえているのがごまかせたにちがいない。

「パスポートは持ってる?」

「いつでも持っているわ」ベスが答えた。「どうして?」

「ホテルには戻れないから。できるだけ早く、タイを離れないといけない」

「だいじょうぶ。ホテルに残してきたのは、買い換えればいいものばかりよ。でも、絵をどうするか、考えないといけないわね」

「インターポールに渡したいの? モグラがいるって、タガーンがいってたのに」

レイヴンのいうとおりだった。ギャングがガードナー美術館の他の絵をいまも持っているとすると、インターポールに通報しても、手に負えなくなるおそれが大きい。証拠隠滅のために絵はすべて破却されるかもしれない。

ベスがフィニアルに仕込んだ発信機がある。「わたしたちが出たとき、タガーンは鷲のフィニアルを持っていた。それを追跡すればいい」

「ほんとうにインターポールにモグラがいたら、追跡をはじめたとたんに知られて、発信機を壊される」

「だから、インターポールには知らせない」ベスはいった。

「それじゃ、どうやってあとの絵を取り戻すの？　わたしたちだけでは無理よ」

「発信機を用意してくれたひとが、手伝ってくれる。彼の会社が美術品を買うときに、コンサルタントをやったことがあるの。彼の名前はファン・カブリーヨ」

14

フィリピン

サルバドール・ロクシンは、飾り気のない居室で伝統的なフィリピンの朝食をがつがつと食べていた。オリンピックに向けて訓練しているスポーツ選手が食べるような、大量の食事だった。コーンビーフ、ガーリック炒めライス、サバヒー（東南アジアで好まれている大型の養殖魚）の塩焼き、チョコレート・ライスプティングが山盛りになっている皿が、チーク材のテーブルをほとんど覆い尽くしていた。囚人護送船から脱出するときに手下に撃たれてからの一週間、毎食がこういう宴会なみの量だった。大量の食事は、射創から快復するために体が要求する燃料だった。ロクシンは、ふつうなら何週間も入院しなければならないような怪我を負っていた。それなのに、いつもよりも調子がいいだけではなく、傷もほとんど目立たなくなっていた。あと一日か二日で、完全に消えるはずだった。

ロクシンは、この島の政治家と教師のあいだに生まれた。両親はみずから社会主義者だと認めていて、住民向けの公共事業改善のために、世論を喚起《かんき》する活動を地元で行なっていた。だが、社会主義者の集会を妨害する警察の活動が、惨事を引き起こした。

聴衆のなかで何者かが発砲したとき、共産主義反政府勢力の過激派を逮捕しようとしたのだと、警察側は主張した。警察が応射し、ロクシンの両親は撃ち合いに巻き込まれて死んだとされた。その後の捜査で、過激派が犯人だという結論が下されたが、ロクシンは騙されなかった。目撃者がロクシンに、警察が両親を故意に射殺し、最終報告ではそれが隠蔽されたのだと教えた。

両親の件が正当な裁きを受けることはないと悟ったロクシンは、大学に戻らなかった。不正に仕組まれた体制内で苦労して腐敗と戦うのは、無駄なあがきにすぎない。金持ちの利益になるように組み立てられた政府を打倒して、一から建て直すには、共産主義反政府勢力にくわわるのが最善の途《みち》だった。

政府関係のターゲットに最大限の損害をあたえる戦術能力に優れていることを、ロクシンは実証して、ほどなく反政府勢力内で熱心な支持者を獲得した。マキャヴェリの〝目的は手段を正当化する〟という格言をかたくなに守っていたので、やりかたがどんどん残忍になっていった。中国の共産党政権と北朝鮮の資金援助では反乱の費用をまかなえないとわかると、ロクシンは麻薬密輸に手を染めた。ロクシンのヘロインとメタンフェタミンの最大の消費国は、金持ちの資本主義国だったので、健全だといわれている経済を麻薬蔓延《まんえん》が蝕《むしば》んでいることに、満足をおぼえた。

だが、これまでのところ、本格的に社会を変える革命的なことは、なにも実現できていない。しかし、ロクシンはべつの薬物を使って、まもなく世界を一変させるつもりだった。

スプーン一杯のプディングを口にほうり込みながら、ロクシンは料理の横の小さな皿に置いてある白くて丸い錠剤をちらりと見た。ロクシンが引き起こそうとしている大がかりな破壊を象徴するかのように、台風《タイフーン》の渦巻《うずま》き模様が描かれていた。

最初からロクシンの信頼できる同志だったニッホ・タガーンが、居室のドアをあけて、いれたてのコーヒーのポットを持ってきた。ふたりのマグカップに注《つ》ぎ、テーブルの向かいの椅子に腰をおろした。

「ルソン島の研究所で進展はあったか？」プディングを食べながら、ロクシンはきいた。

「まだなにも。オカンポ博士は処方を割り出せないし、いつ割り出せるかも予想できない」

「差し迫った状況だというのが、博士にはわかっているのか？」

「きのういったときに念を押した。博士はわれわれとおなじでやる気はじゅうぶんだが、薬の成分の原リストがないと、再現するのはほぼ不可能だ」

ロクシンは、白い錠剤を取り、手慰《てなぐさ》みの数珠《じゅず》でもあるかのように指のあいだで転がした。

「どうしてこれを複製するのが、そんなに難しいんだ？」

タガーンが、コーヒーをごくごく飲み、肩をすくめた。「おれには化学のことはわからない。オカンポがいうには、重要な成分になる植物がわからないので、代理の物質を作れないそうだ。コカの葉なしにコカインをこしらえ、罌粟《けし》なしにヘロインをこしらえるようなものだと」

「合成の代用物質では？」

「代用できるとしても、それを創り出す研究に何年もかかるそうだ」

ロクシンは、抑制のきかない怒りを爆発させることが多くなっていて、いまもそれが噴き出しそうになったが、意志の力で抑え込んだ。

「何年も待っていられない」錠剤を口にほうり込み、コーヒーで流し込みながら、ロクシンは不機嫌にいった。薬の効果が出るまでには数分かかるはずだったが、自分は無敵だという自信が全身にみなぎった。予備の錠剤をズボンのウェストバンドに縫い込んであったのは賢明だった。そのおかげで、警察に身柄を拘束《こうそく》されていたときも、毎日服用できた。

ロクシンの配下が警察部隊に追われてジャングルを撤退したときに、錠剤二万錠の隠し場所をたまたま見つけた。錠剤は地下の隠し金庫室に保管されていた。第二次世界大戦中に日本軍がネグロス島のまんなかに建設し、米軍の強襲を受けたときに放棄した設備とおぼしかった。錠剤はすべて真空包装され、鋼鉄のドラム缶に収められて、内容を説明する書類はなにもなかった。暗号名〈台風《タイフーン》〉がドラム缶にステンシルで描かれていただけだった。

その薬の目的について、さまざまな憶測がなされた。麻酔薬か？　興奮薬か？　日本軍がカミカゼ攻撃のパイロットに覚醒剤をあたえていたことは、よく知られている。あるいは日本兵が降伏せずに自殺するための毒薬か？　解毒剤《げどくざい》か？　知るすべはなかった。

共産主義のシンパのアナリストか科学者に錠剤を送ることも考えられたが、それでは時間がかかりすぎる。ロクシンは、もっと便利な手段を使った。捕虜にした政府の役人に飲ませたのだ。

肥満したその役人——スタンレイ・アロンソという内務省高官——を観察していると、すぐに効果が現われた。アロンソの肉体が変わってゆくのが、まざまざとわかった。アロンソは、たえず腹がへったと文句をいい、食べるたびに筋肉があっというまについて、一日十時間の筋トレをやっているみたいに脂肪が落ちた。痛めつけても感じないらしく、殴られても激しく抵抗するので、拷問《ごうもん》で情報を引き出そうとしてもだめだった。痣《あざ》が数日ではなく数時間で治った。さらに、薬をあたえないと、アロンソの筋肉は縮み、拷問に耐えられなくなった。ふたたび投薬すると、つぎの一週間で変身が完了し、アロンソがタイフーンに依存するようになったので、効果的に管理して自分たちの側の工作員に仕立てられると、ロクシンは考えた。反政府勢力のために諜報活動を行なうよう命じられて、アロンソはもとの部署に戻された。

ロクシンはあれこれ調べて、ドイツが第二次世界大戦前に機能不全障害の治療法として各種のステロイドを開発していたことを知った。その科学者たちは、研究成果によってノーベル賞も受賞している。その後、戦争中に、栄養不良のドイツ軍兵士の筋肉を増強するためにアナボリック・ステロイドが用いられた。それから何十年もたってから、オリンピックでメダルを独占するためにソ連や東ドイツが選手に使用したことは、よく知られている。

だが、タイフーンは、筋力と体力を増大させる効果がアナボリック・ステロイドをはるかにしのいでいただけではなく、ほかの効果もあった。日本軍はどうやら、服用者がふつうの人間には耐えられないような痛みにも平気になり、致命傷と見なされるような怪我が治り、重傷でも数週間もしくは数カ月ではなく数日で快復するような薬物を開発したようだった。タイフーンはステロイドをさらに増強したような薬物だった。服用者は不死身ではない――映画のスーパーヒーローとはちがって、折れた骨や弾丸であいた穴が数秒で自然に治ることはない。しかし、血が速く固まり、組織の再生が加速されるので、頭を撃たれたり、心臓をナイフで刺されたりしないかぎり、死ぬことはない。服用者に必要なのは、時間と修復プロセスの燃料になる食事だった。

ロクシンと革命の同志たちは、タイフーンにきわめて大きな利点があることにすぐさま気づき、自分たちも服用しはじめた。これまでの六カ月、その効果を満喫してきたし、フィリピン政府に対して数々の勝利を収めてきた。ロクシンは、いままでは世界一の恐ろしい群れを擁《よう》している。

問題は備蓄がどんどん減っていることだった。あと二カ月で使い果たしてしまう。

「あした研究所へ行く」ロクシンはタガーンにいった。「見つけなければならない植物の種類がわからない理由を、オカンポにじかに説明させる」タイフーンをさらに手に入れる計画が別途、進行中だったが、オカンポと研究所も予備として必要だった。

「了解、同志。ヘリコプターを用意させる」タガーンが、ガードナー美術館の所蔵品だった鷲のフィニアルを入れてあるアルミのブリーフケースのほうを、顎で示した。

「タイで奪われたマネは、まだ出てこない。あとの美術品はどうする？」

その挫折のせいでまた怒りが沸《わ》き起こってきたが、ロクシンはそれを封じ込めた。ウドムを東南アジアのタイフーン密売ルートに使うつもりだったが、取り引きで揉《も》めたときにタガーンがウドムと手下を皆殺しにした。タイであらたなネットワークを築かなければならなくなったうえに、絵を通貨として使う計画にも遅れが生じた。当面、昔ながらのやりかたで、五百ユーロ札や百ドル札で現金を動かすしかない。

「あとの絵は将来、使うためにとっておく」ロクシンはいった。「製造が軌道に乗ったら、莫大な金が必要になるし、取り引きに絵が必要になる。ベス・アンダーズの情報はつかんだか？」ロクシンたちと絵の結びつきを知るのは、彼女だけだった。

タガーンが首をふった。「相棒といっしょに姿を消した。当局にはなんの連絡も来ていないと、インターポールの潜入工作員《モグラ》がいってる」インターポールにスパイがいるのも、タイフーンのおかげだった。

「もうひとりの女の正体はわかったか？」ロクシンはきいた。

「情報源に調べさせてるが、まだ身許はわからない」

「女たちを見つけたら、できれば絵を取り戻せ。だが、それが最優先ではないぞ」

タガーンがうなずいたが、その失敗を思い出してマグカップを握りつぶしかけ、手の甲の指の付け根が白くなった。それもタイフーンの影響だった。テストステロンとおなじように、服用者が攻撃的になる。

「ふたりとも殺す」タガーンがいった。女ふたりに逃げられて恥をかき、復讐に燃えているのだ。だが、ロクシン自身にはそんな復讐心はなかった。殺す必要があるから殺すだけのことだ。

食事を平らげてようやく満腹したロクシンは、タガーンとともに居室を出た。そこは高さが一五メートルに及ぶ広い洞窟のなかだった。世界でも最大の洞窟のひとつだが、外部には知られていない。ほんの数年前にベトナムで発見された大洞窟のソンドン洞とおなじで、ジャングルの奥に隠れていた。ロクシンの同志も、ごく少数しか場所を知らない。あとはここに連れてこられるときに、出発の際に目隠しをされる。洞窟内にはトンネル網がひろがっていて、兵士や装備用に建設された建物群のまんなかに広場があり、作業中の男たちが行き来していた。天井にある擂《す》り鉢《ばち》状のかなり大きい穴から吊りおろされた大型ディーゼル発電機が、電気を供給している。穴からの陽射しが、洞窟内を照らしていた。反政府勢力のヘリコプターも、その穴を通って洞窟内に降下できる。その他の出入口は、山の斜面にあるトラックがはいれる大きさの開口部だけだった。ひとりの忠実な共産主義者が、その穴を見つけた。いまはたくみに隠蔽されている。

タガーンとともに武器庫に向かっていたロクシンは、巨大な石筍《せきじゅん》ができている広場のまんなかで立ちどまった。石灰石に鋼鉄の輪が打ち込まれ、ぐったりしている男が足枷をかけられて、そこにつながれていた。

男が、はかない望みを抱いて、ロクシンのほうを見あげた。スタンレイ・アロンソだった。良心を取り戻したアロンソは、ロクシンを裏切り、警察に密告したのだ。

一週間前のアロンソは、いかにも健康そのもので、ボディビルダーのような体つきだった。いまは骨と皮ばかりになっている。

アロンソは、タイフーンがなくなったら、もとの肥った体に戻れると、思いちがいをしていた。だが、タイフーンは他の多くの薬物とおなじように習慣性があり、薬が効いているときよりも切れたときのほうが最悪だった。一錠目を飲んでから一週間後には、一生中毒になる。配下のひとりが逮捕され、勾留《こうりゅう》中にタイフーンが手に入らなくなったときに、それが判明した。服用できなくなったことで、激痛に苦しみ、筋肉が急激に衰えて、一週間とたたないうちにその配下は死んだ。監察医は、その男の体が文字どおり体そのものを栄養源として生きのびていたことを知って驚愕し、非感染性免疫疾患と記録した。ロクシンは、配下に大胆な作戦で護送船から救出されたおかげで、おなじ運命をたどらずにすんだ。

ロクシンは、アロンソのほうへ身をかがめた。「裏切り者は厳しい罰を受けるといったはずだ。おまえのせいで、護送船から脱出するときに、六人を失った」

アロンソが、ロクシンのズボンの裾をつかんだ。「お願いだ」頬を涙が流れ落ち、かすれた声でいった。「このとおりだ。頼む、タイフーンをくれ。一錠でいい。なんでも望みのことをやるから」

ロクシンは、脚を引きもどした。「これがおれの望みさ」

ロクシンとタガーンは、アロンソの哀れっぽい悲鳴から遠ざかった。タイフーンが補給できなくなっても、あんなざまは見せないと、ロクシンは誓った。自分の口に一発撃ち込んで死んだほうがましだ。

15

グアム

国家安全保障局《NSA》のスーパーコンピュータをオレゴン号からおろして、NSA本部《フォート・ミード》に戻すためにC‐5輸送機にふたたび積み込むと、カブリーヨはようやくベス・アンダーズとレイヴン・マロイに会う時間ができた。グアムにあるお気に入りのバーを会う場所に選んだ。薄暗い小さなパブで、〈船を捨てろ《アバンダン・シップ》〉という店名だった。夜の客はほとんどが、グアム島の経済を支えている米軍基地の海軍か空軍の兵士だった。生バンドがレーナード・スキナードやイーグルスのようなクラシックなロックの曲を大音量で演奏しているので、話を盗み聞きされるおそれはない。

ベスとレイヴンが来るのを待つあいだ、マックス・ハンリーはナチョスを食べ、カブリーヨはスコッチをちびちびと飲んでいた。

「おれがこれを食ってるのを、ドク・ハックスリーにはいわないでくれよ」ワカモレとチーズをたっぷりと乗せたトルティーヤ・チップスを口につっこみながら、マックスがいった。つづいてバドワイザーをごくごくと飲んだ。「先生《ドク》がおれに押しつけた食事療法だと、とてつもなくカロリーが低いんだ。シェフにまで指示してる。この二週間ではじめて、まともな食い物にありつけたんだよ」

「ジュリアも、こういうバーでウィートグラススムージーや減塩キヌアを出すとは思わないだろう」

「きかれたら、クラブソーダを飲んで、ニンジンスティックを何本か食っただけだといってくれ」

「わたしよりも、体重計にばらされるのを心配したほうがいい」

マックスが、ベルトを押しあげている腹を叩いた。「おい、おれくらいの齢《とし》の男にしたら、そんなに悪くない。三十年後のあんたの姿を見たいね」マックスは海軍時代よりも五キロか一〇キロ肥ったし、すぐに五キロメートル走れるような状態ではないが、戦闘では立派に戦えるし、六十代にしてはまあまあ壮健なほうだ。ジュリア・ハックスリーは栄養のことでマックスをしつこく指導しているが、パイプ煙草でもアイスクリームでも、好きなように楽しませればいいと、カブリーヨは思っていた。

「ジュリアは、あんたが八十代になっても生きていてほしいだけだよ」カブリーヨはいった。

マックスが、不服そうにフンと鼻を鳴らした。「おれの元妻に買収されてるのかもしれない。離婚手当てが滞《とどこお》らないように」

マーク・マーフィーは、マックスとカブリーヨが老夫婦みたいにからかい合っていると、ときどき手厳しいことをいう。ふたりは〈コーポレーション〉設立以来、オレゴン号を購入していまのように再艤装する前から、ずっといっしょに仕事をしてきた。カブリーヨは、会社と船の順調な運営をナンバー2のマックスに頼っているだけではなく、だれよりも強く信頼している。

ふたりとも独身で、オレゴン号を竟《つい》の住処《すみか》と見なしている。だから気楽な友情をともにできるのだ。マックスがしじゅうこぼすので、ほとんどの乗組員がマックスの元妻のことは知っているが、カブリーヨが寡夫《かふ》になったいきさつを知るのは、マックスのほかに数人しかいない。カブリーヨの妻はアルコール依存症で、カブリーヨが何度も力になろうとしたにもかかわらず、酩酊《めいてい》して運転していたときに単独事故を起こして死んだ。右脚の幻肢痛《げんしつう》が消えても、妻を救えなかった罪悪感が、それよりも大きな痛みとして残っている。

そのつらい記憶が、先ごろ失ったオレゴン号の家族のことを思い出させた。

「マイク・トロノがいたら、ベトナムの作戦を楽しめただろうな。そう思わないか？」

陸上作戦のガン・ドッグで、元空軍救難落下傘降下員《パラレスキュー・ジャンパー》だったトロノの名前を聞いて、マックスが物悲しい笑みを浮かべた。トロノはつい最近の任務中に命を落とした。

「あいつはいつだって血気盛んだったからな。いなくなって淋《さみ》しいよ」

「わたしもだ」

亡くなった親しい乗組員のことを思うあいだ、ふたりともしばらく黙り込んだ。

「どうしても、ひきずっちまうものだが」マックスはいった。「新しい乗組員を入れることは考えているんだろう？　おたがい、その気になったら、特殊部隊コミュニティに探りを入れて見てもいい」

カブリーヨは、またスコッチをひと口飲んだ。失われた乗組員の代わりを見つけるのは、いつも嫌なものだが、そろそろ補充する必要があると思っていた。

「そうだな」カブリーヨは、溜息をついた。「そろそろ探そうか。よさそうな人間がいないかどうか、ＣＩＡにも当たってみる」

バーのドアがあき、ベスの真っ赤な髪が、うしろで沈みかけている夕陽を浴びて輝いた。ベスはすぐにカブリーヨを見つけて、テーブルに来ると、カブリーヨとマックスをハグしてから席についた。

「お友だちは来ないことにしたのかな？」カブリーヨは、マックスにウィンクしてたずねた。

ベスが、きまり悪そうな笑みをふたりに向けた。「タイであああいうことがあったから、彼女、バーには用心するようにしているの。あなたたちは文句なしに紳士だといったんだけど、早めに来てようすを調べたほうがいいと、彼女は考えたのよ」

「ああ、知っているよ」カブリーヨはいい、ふりかえって、バーのカウンター席の奥で、水兵とならんで座っていた女のほうを見た。髪を〈空母ニミッツ〉の野球帽のなかに押し込み、バンドの音楽に合わせて首をふりながら、水兵をかまっていた。「もう来てもいいと、いってくれないか」

ベスがびっくりした顔をカブリーヨに向けてから、レイヴンにうなずいて、呼び寄せた。がっかりした水兵が、行かないでくれと説得しようとしたが、レイヴンは急につれなくなって、真顔でやさしく、きっぱりと、お楽しみは終わりだと、水兵に告げた。

「どうしてわかったの？」レイヴンが歩いてくるあいだに、ベスがきいた。

「きみとおなじように、わたしたちも下調べしたんだ」

レイヴンが腰をおろして、力強くふたりと握手をした。「レイヴン・マロイです」

「わたしはファン・カブリーヨ、この矍鑠《かくしゃく》としたご老体が、マックス・ハンリーだ」

「腹が減ってるようなら、どうぞ」マックスが、四分の三なくなっているナチョスの皿を指差した。ベスとレイヴンは断り、ウェイトレスにビールを注文した。

「きみはなかなか優秀だね」カブリーヨは、レイヴンにいった。「あの水兵とカップルみたいに見えていたから、気づかないところだった」

「水兵さんもカップルのつもりでいたしね」野球帽を脱ぐと、長い黒髪が流れ出た。

「それじゃ、わたしの写真を見たのね」

カブリーヨはうなずいた。「ずいぶん立派な経歴だね。陸軍士官学校《ウエストポイント》では上位一〇パーセント、心理学と中東研究の両方を専攻した。現代ペルシア語とアラビア語に堪能。アフガニスタンで憲兵隊捜査官として青銅星章《ブロンズ・スター》と名誉戦傷章《パープル・ハート》を叙勲され、大尉で陸軍を名誉除隊。ベスが信頼できる護衛だと考えたのも当然だ」

自分が達成したことを告げられるあいだ、レイヴンは顔色をまったく変えなかった。

「わたしの反応が見たいの？　それとも情報を知ってるのをひけらかしているの？」

カブリーヨはにっこりと笑った。「たぶん、ちょっぴりその両方だね」

「それならお答えしましょう。あなたについての情報をつかむのはたいへんだったけど、わたしにも情報源があるの。フルネームは、ファン・ロドリゲス・カブリーヨ。カリフォルニア州オレンジ郡出身で、サーフィンをかなりやった。カリフォルニア工科大学《カルテック》で政治学と機械工学の両方を専攻。アラビア語、スペイン語、ロシア語に堪能。大学でＲＯＴＣ（予備役将校訓練課程）を受けてたときに勧誘されて、ＣＩＡ海外工作員になった。でも、任地や任務は探り出せなかったの。ＣＩＡを辞めて〈コーポレーション〉を設立、アラブの首長の警護から誘拐された企業幹部の救出まで、その会社はありとあらゆるサービスを提供してる。詳細不明の作戦で片脚を失い、六週間入院。失礼ですけど、それをうまく隠してる。歩くときに、足をひきずるようすはまったくなかった」

「最新の生体工学を活用した義肢はすばらしいよ」レイヴンの情報には、空白部分が数多くあったが、すべて正確だった。「たいしたものだ。それらの情報は、そう簡単には手に入れられない。よっぽどいい人脈があるんだな」

　どうということはない、というように、レイヴンが肩をすくめた。「殺人鬼の麻薬密売業者から逃げてるときには、会う相手のことはよく知っておかないといけないから」

「それで、きみたちがここに来たということは、わたしたちはテストに合格したんだね。さて、どういうふうに力になれるのか、話してくれないか」

　絵の真偽を鑑定するために雇われたことから、バンコクのナイトクラブでの銃撃戦に至るまで、ベスが一部始終をカブリーヨとマックスに話した。

「いま、マネはどこにある？」カブリーヨはきいた。

「バンコクの銀行の貸金庫」ベスが答えた。「わたしが死ぬか、一カ月以上行方不明になったら、ガードナー美術館に中身を渡すよう、弁護士に指示してあるの」

「インターポールは信用できないので、渡せなかった」レイヴンがいった。「内部にスパイがいると、タガーンがいったので」

「それに、タイからひそかに持ち出そうとするのは、危険が大きかったから」

「それで、残りの絵を見つけるのに、おれたちに協力してほしいんだな？」マックスがいった。「おれは〈コーポレーション〉の財務責任者だから、きかなきゃならない。賞金は？」

「五百万ドル。あなたたちとわたしたちで、半々に分ける」

「かなりの額だな」カブリーヨはいった。

「絵の価値を合計すると、その百倍になるのよ。いうまでもなく、美術界全体にとっても計り知れない値打ちがあるわ。フェルメールの絵は、知られているかぎりでは三十点あまりしかなく、そのうちの一点にあたる。レンブラントの〈ガラリアの海の嵐〉は、オランダ黄金時代の傑作よ。お金には換えられないくらい貴重なのよ」

ベスをオレゴン号に乗せたことはなかったが、美術品を購入するときに何度もコンサルタントをつとめてもらったので、カブリーヨは彼女のことをよく知っていた。お金だけが原動力ではないとわかっていたし、盗まれた美術品を取り戻すのに熱意を燃やしているところは、カブリーヨが仕事に打ち込んでいるのと、まったくおなじだった。ベスは美術品そのものがほんとうに好きで、世界のひとびとの目に触れなくなるのが、やり切れないのだ。

「きみに渡した発信機が、目的どおりに働いているといいんだが」カブリーヨはいった。

「だいじょうぶよ。あなたのおかげで、手がかりを追える」ベスが、ハンドバッグからタブレットを出して、東南アジアの地図を呼び出した。電波が発信された場所を示す赤い点が三つ、強調表示されていた。バンコク、マニラ、そして三つ目は、おなじルソン島のもっと北にあった。

カブリーヨは、点を指差した。「受信できたのは、これだけ?」

ベスがうなずいた。「電波が漏れないケースにはいっているんだと思う。バンコクとマニラの空港で、セキュリティチェックのときにあけなければならなかったんでしょう」

「三つ目の場所は?」マックスがきいた。

「わからない」レイヴンがいった。その位置の衛星画像を拡大すると、ジャングルのなかの低い建物群が現われた。「この施設は持ち株会社の所有になってて、なにをやってるのか、情報がまったく見つからなかった」

「フィニアルがいまもそこにあるか」ベスがいった。「それともまたしまわれて、信号が届くような場所ではケースがあけられなかったんでしょう」

「それなら、この場所を調べる必要がある」カブリーヨはいった。

「仕事を引き受けてくれるのね?」

「いまやりかけの任務はないし、困っている友だちはいつだってよろこんで助けるよ」

「ひょっとして、二百五十万ドルが転がり込むかもしれないし」マックスがつけくわえた。

「ここからマニラまでわたしたちの船で行くのに、二日かかる」カブリーヨはいった。

「向こうの港で落ち合おう」

レイヴンがめまぐるしく頭を働かせているのがわかった。

「たった二日?」レイヴンが、とまどった顔でいった。「ここからマニラまで、二五〇〇キロメートルもある。四日のまちがいじゃないの?」

カブリーヨは、愉快そうにマックスと目配せを交わした。

「きみたちにはいい人脈があるようだが」茶目っけのある笑みを浮かべて、カブリーヨはいった。「オレゴン号のことは聞いていないようだね」

16

アメリカ

ソルトレーク・シティの一三〇キロメートル西にあるダグウェイ実験場で、ターゲットの上空をA‐10〝ウォートホグ〟対地攻撃機二機が旋回し、遠くからジェットエンジンの甲高い爆音が聞こえてきた。八キロメートル離れた畜舎の囲いのなかで、豚十二頭が接近する攻撃機の爆音に怯え、走りまわっているのを、グレグ・ポルトンは、移動指揮所内のメイン・スクリーンで見ていた。エアコンが効いていて、涼しい風が流れていたにもかかわらず、ポルトンは汗ばんだ手をしじゅうズボンで拭《ふ》いていた。このテストの成功に、仕事人生がかかっている。この抗毒素血清が有効なら、豚は怯えても健康なままでいるはずだった。効かなかったら、数分で豚は死ぬ。

ロードアイランド州の面積に匹敵する広大なダグウェイ実験場は、アメリカの化学・生物兵器防御システムをテストする最大の施設だった。機密施設の職員がおしなべてそうであるように、ポルトンは軍人ではなく軍の仕事を受注する民間業者だった。だが、きょうはポルトンの小規模なスタッフのほかに、秘密テストを観察する米軍将校が何人もいるので、指揮所は狭苦しかった。

中東でＩＳＩＳなどのテロ組織と戦っている米軍兵士にとって、シリアの化学兵器は重大な脅威だった。かさばる化学兵器防護服を着ると、兵士の戦闘能力がいちじるしく損なわれるので、最近では、防護服なしで戦場でサリンやＶＸ神経ガスのような化学兵器にさらされた場合に備え、そういう兵器の影響を防ぐための抗毒素血清が開発されている。

ポルトンは鬢《びん》が白くなりかけた四十代の引き締まった体つきの男で、フレームレスの眼鏡を鼻にちょこんとかけている。仕事人生を懸けて、〝パナクシム〟と呼ばれる抗毒素血清の開発に取り組んできたが、何年もかけて実験をくりかえし、納税者の金を一千万ドル注ぎ込んでもなお、使用可能な薬剤を作れなかった。早急に結果を出さないと、ポルトンの秘密プログラムは中止になるおそれがあるし、今回の実演は抗毒素血清の効き目を示す絶好の機会だった。研究室の実験で、ある程度見込みがあることがわかっていたが、戦闘中の兵士を守れるかどうかを示すには、現場での試験がもっとも有効だった。

表は風もないので、豚の囲いの付近でガスの威力が強まるし、試験場の周辺に達す
る前に散ってしまうはずだった。一九六八年にVXガスの試験が行なわれたときには、
風がある日だったので、予想外の大きな雲が発生し、周囲の牧場の羊の大きな群れの
ほうへ流れていった。陸軍は責任があるのを認めなかったが、牧場主たちに六千頭以
上の羊の賠償金を支払った。その後、ダグウェイの化学兵器空中爆発は、慎重に管理
され、監視されてきた。

副官と話し合っていたエイモス・ジェファソン将軍が、馬鹿でかい声でどなったの
で、ポルトンは肝をつぶした。「ポルトンさん、ガスの影響が現われるまで、どれだ
けかかるんだ?」

ジェファソンは、イラクとアフガニスタンに出征した経験がある恰幅のいい軍人で、
ポルトンの予算を管理している。テストの結果にジェファソンが納得しなかったら、
予算は消えてしまうだろう。軍にへつらわなければならないのが、ポルトンは嫌でた
まらなかった。軍のほうが低姿勢になるべきだと思っていた。

「将軍」いらだちを隠すために腕組みをして、ポルトンはいった。「ガスの影響が現
われてはならないんです。そのためのテストですから」

ジェファソンが向き直り、鋭い目で睨んだ。それでポルトンがすくみあがるとでも思っているようだった。「わかっている、ポルトンさん。そのためにきみは何年ものあいだ、わたしの予算から巨額の金をむだに使ってきた。きみの成功に、わたしの兵士たちの運命がかかっている。では質問をいい直そう。パナクシム抗毒素血清が効くとわかるまで、どれくらいかかる?」

ポルトンは、おなじような強い視線で見返した。「脇に赤くAと描かれている豚一頭は、暴れ出すはずです。血清を投与されないので、ガスにさらされると二分で死にます。それまでに他の豚に影響が現われないようなら、効き目があったとわかります」

「パナクシムはどうやって投与する?」スクリーンに目を凝らしながら、ジェファソンがきいた。「だれもいないようだが」

ポルトンは、あきれて目をぐるぐる動かした。ジェファソンは要旨説明（ブリーフィング）をちゃんと読まなかったらしい。

「よく見ていただければ、豚が首輪をつけているのがわかるはずです。首輪に埋め込まれた注射器を遠隔操作で作動させます。それで血清が投づいたら、ガスの雲が近づいたら、首輪に埋め込まれた注射器を遠隔操作で作動させます。それで血清が投与されます。戦場の兵士にもおなじような自動注射器を供給します」

「ガスの影響を遅らせることができるのかね？　アトロピンよりも効き目が悪った

ら、軍の役には立たない」

では、ジェファソンもすこしは予習してきたのだ。アトロピンは戦場で神経ガスを

浴びたときには、もっとも効果がある解毒剤だった。死ぬのを防ぎ、重要な体の機能

の劣化を最低限に抑える。ただ、化学兵器によって筋肉が麻痺するのを防ぐことがで

きないので、兵士はかなりの時間、攻撃に対して脆くなる。

「もちろん、ガスを浴びた豚を解剖して、すべての影響を調べます」ポルトンはいっ

た。「しかし、カメラでは目立った症状は見えないでしょう」

ターゲットの方角から、一両の高機動多目的装輪車が近づいてきて、指揮所のそば

でとまった。ポルトンの主任化学者のチャールズ・デイヴィスが運転席から跳びおり

て、指揮所に駆け込んできた。デイヴィスはがっしりした体格で、髪が薄くなり、汚

い顎鬚を生やしている。ドアからはいってきたとき、息を切らしていた。

「すべて準備ができた」そういうと、デイヴィスは椅子に座り込んだ。「豚の注射器

はすべて二度点検し、いつでも使える」デイヴィスがノートパソコンのキーを叩き、

注射器のデータ表示がどれも正常なのを、ポルトンは見てとった。ボタンをひとつ押

せば、パナクシムが十一頭の豚に同時に注射される。

ポルトンは、ジェファソンのほうを向いた。「将軍、パイロットに攻撃航過を開始するよう伝えてもけっこうですよ」

ジェファソンが副官にうなずき、副官が通信士に、パイロットに連絡するよう命じた。「T1《タンゴ》および2、こちらS《シエラ》基地。ゴーサインが出た。攻撃手順開始を承認する」

「了解した、シエラ基地。タンゴ1および2、航過を開始する」

ポルトンは双眼鏡を持ちあげ、山の上を旋回しているA‐10ウォートホグ二機に焦点を合わせた。二機が高度一〇〇〇フィートに急降下し、砂漠の上をすさまじい速度で飛んだ。豚の囲いまで三〇〇メートル以内に接近すると、二機それぞれが爆弾二発を投下した。そこでパイロットたちは操縦桿《かん》を引き、A‐10は空めがけて急上昇した。

爆弾は地面で炸裂したが、筐体に収められたガスが燃焼しない仕組みになっていて、ふつうの爆弾とは異なり、火の玉は湧き起こらなかった。筐体がバラバラになって、煙と霧がもくもくと噴き出し、爆弾の炸裂で逆上して折り重なっている豚の群れのほうへそのまま流れていった。

その化学兵器弾頭には、煙の動きがよくわかるように、赤い粉がこめられていた。真っ赤な霧がゆっくりと豚の囲いのほうへ動いていった。一頭目の豚に霧が到達すると、ポルトンはデイヴィスに注射器を作動するよう命じた。

デイヴィスが、キーをひとつ押した。「注射器作動」すこし間を置いてからいった。

「十一本すべて、正常に作動」

あとは待つだけだった。ポルトンが時計を睨みながらスクリーンを見ていると、額を汗が流れ落ちるのがわかった。ポルトンとデイヴィスが音声を入れると、豚の悲鳴が部屋に響き渡った。

Aと印をつけた豚が、数秒以内に倒れた。地面でぶるぶるふるえ、動かなくなった。あとの豚は、ジェット機と爆弾で怯えているほかには、なにも苦しんでいるようすはなかった。囲いのなかでいつものように動きまわり、地面をほじくり返して、ありもしない餌を探していた。

タイマーが進むのが、苦しいほど遅く感じられた。二分に達したとき、ポルトンはデイヴィスと得意げに目配せを交わした。ジェファソン将軍を見ると、よくやったという目つきでスクリーンを見てから、ポルトンに向かっていった。

「今回は、だいぶ進歩があったようだな、ポルトンさん。つぎの段階ではパナクシムを現場に持ち込もう。きみのほうにできる——」

一頭の豚が甲高い悲鳴をあげ、ジェファソンの言葉は遮られた。全員がスクリーンを見た。なにが起きているかを見て、ポルトンは恐怖のあまり凍りついた。

一頭の豚がよろけながら、立とうと必死でもがいていた。呼吸が困難のようだった。どさりと倒れ、泥にはまり込んだ。まもなくほかにも二頭がよろけはじめ、やがてすべての豚がおなじ状態になった。そのあとはあっというまだった。一分とたたないうちに、スピーカーからはなんの音も聞こえなくなった。

ジェファソン将軍が、大きな溜息をついて、首をふった。「影響が出る時間をまちがえたようだな」

ポルトンは、なんとか取り繕おうとした。「将軍、投与量を変えればいいだけです。あと何回かテストすれば、かならず——」

「ポルトンさん、今回のテストで精いっぱい努力したといったはずだ」

心労で疲れ切っていたポルトンは、いらだちを我慢できなくなった。「科学はそういうものではない、将軍。つねに一回目で正しい結果が出るわけではないんだ」

「では、いつなら正しい結果が出るのかね？　あと五年かけ、しこたま予算を使えばいいのか？」

「それが必要ならば」

「すまんが」ジェファソンが、帽子をかぶった。「このプロジェクトに金を投げ捨てるのはやめるよう進言する。もっと有望な手段を探さなければならない」

「これよりも有望なものはない！　あなたの他のプロジェクトの報告を読んだが、わたしたちのものよりも進んだ血清を開発しているプロジェクトは、ひとつもない」

「きみのものが、彼らのプロジェクトよりも進んでいるとは、いえないだろう。コストは三倍かかっているのに……では失礼するよ」

そういうと、ジェファソンは部下の将校たちを引き連れて、出ていった。ポルトンとデイヴィスは、開発チームとともに取り残された。チームのスタッフたちは、憐《あわ》れみと、自分たちの仕事はどうなるのだろうという不安の入り混じった顔で、ポルトンを見つめた。

「将軍に話をする」ポルトンはつぶやいた。「危険物運搬トラックのところへ行って、解剖する豚を積んでくれ」

スタッフが出ていったが、デイヴィスはいっしょに行かなかった。

「なんだ?」ポルトンはいった。「激励なんかいらないぞ」

「われわれの予算は、どれくらい残っているんだ?」

「あと数カ月の電気代くらいはある。どうして?」

「それの使い道は、ほとんど任されているんだろう?」

「わたしの予算だ。わたしがいいと思えば、どういうふうにも使える。なにがいいたい?」

「あんたに見せたいものがある」

デイヴィスは、ノートパソコンで動画を呼び出した。「一週間前に、タイのバンコクで撮られたものだ。麻薬取り引きで揉めた事件についての警察の報告にあった。けさ見つけたばかりで、ようやくあんたに見せられる」

ポルトンが動画を見ると、血まみれの死体が散乱する部屋が写っていた。いたるところに弾痕があったので、銃撃戦のたぐいがあったのは明らかだった。警官や鑑識課員が、死体のあいだを歩きまわって、証拠を集めていた。

「麻薬ギャングふた組の死体だ。タイとフィリピンのギャングだ。死体はほとんどがタイ人だから、フィリピンのほうが勝ったらしい」

ポルトンは、怒りで血が煮えくりかえりそうになった。「大きな挫折があって、仕事を失いそうなときに、麻薬ギャングの抗争後の現場を見せるとは、どういうつもりだ? これがなにと関係があるというんだ?」

「秘密文書館で第二次世界大戦中の薬物の文献を調べたのを、憶えているだろう?」

ポルトンは、肩をすくめた。「それで?」

「われわれは、〝タイフーン〟と呼ばれる薬物に注目したじゃないか。ステロイドのたぐいで、研究に役立つかもしれないと思った」

「ああ、それは憶えている。報告どおりの効き目があるとしたら、タイフーンは画期的な薬物だが、正直いって、信じられない。しかし、処方がないし、どうやって製造するのかがわからない。錠剤の写真があっただけだ、白くて、台風《タイフーン》のような渦巻き模様が描かれていた。あとは戦争中にすべて紛失した」

「それはどうかな」意味ありげな笑みを浮かべて、デイヴィスが答えた。「あんたも知っているように、利用できるものを見過ごさないように、詳しいことがわかっていない薬物の記事を、おれはたえずインターネットで探している。で、役に立つものを見つけたと思う」

デイヴィスは、動画を早送りして、捜査員が死体のポケットの中身を出している場面を見せた。

「フィリピン人の死体だ」デイヴィスはいった。

捜査員が、掌に乗せたものを見ながら立ちあがった。だれかが質問すると、捜査員は首をふった。捜査員がカメラに向かって白い錠剤を差しあげたところで、デイヴィスは動画を一時停止した。

錠剤には、文書館でふたりが見たタイフーンとおなじ模様が描かれていた。

ポルトンは激しい驚きを味わって、デイヴィスの顔を見た。「おなじなのか?」

デイヴィスはうなずいた。「まったくおなじだ。確認した。どこかに隠してあった

タイフーンを、何者かが見つけたんだ」

「七十年たっても、変質していなかったのか?」

「真空包装されていたとすると、当時とおなじ効き目があるにちがいない」

ポルトンは不意に、パナクシムよりもずっと強大なものを開発できるチャンスだと

気づいた。タイフーンを現代化した類似品を開発できれば、化学兵器コミュニティで

成功する見込みがある。

「緊急にやらないといけない」ポルトンはいった。

「そうだ。だから、ふたりだけになるのを待っていた。それから、おれはこの件では

対等なパートナーになる」

プロジェクトが成功したときに、脚光をふたりで分かち合うつもりはなかったが、

ポルトンはにっこりと笑った。「もちろんだ、きみがいなかったらできない。しかし、

まずこの麻薬密売業者が、どこで備蓄を手に入れたのかを探り出さなければならな

い」

「タイの報告書はもう調べた。これがなんなのか、当局は知らないから、答が出るま

で錠剤は厳重に保管されている。しかし、警察は生き残ったフィリピン人をひとりも逮捕していない」

「それじゃ、答を得るにはだれかを派遣しないといけない。警察は、そいつらが何者なのか、知っているのか?」

「ひとりの身許から、フィリピンの共産主義反政府勢力の過激派だと、警察は判断している」

「共産主義者?　まだいるのか?」

「いるようだ。フィリピン南部で過激な聖戦主義者が勢いを増しているから、共産主義者のほうは何年も注目されていないが、また盛り返しているようだ」

「それはフィリピン政府が心配すればいいことだ。わたしたちに必要なのは、そいつらがタイフーンをどこで手に入れたかを教えられる人間だ。わたしに心当たりがある。ゲアハート・ブレッカーという男が、小さな民間軍事会社を経営している。前にも非公式に仕事を依頼したことがある。金さえ出せば、汚いことを平気でやる。世界のどこでも、二十四時間以内に仕事を引き受けられると、ブレッカーはいっていた」

「ジェファソン将軍に、われわれがなにをやろうとしているかを知られたら、即座にチームを解散させられるだろう」

「それなら、将軍にはいわずにおこう」ポルトンは答えた。だが、じつはもっとひどい悪事に手を染めていた。ポルトンは、自分が閲覧する資格がない秘密扱いのファイルを読んで、タイフーンのことを知った。そのファイルは、はるか昔に破棄されたはずのものだった。パンドラの箱をあけようとしているのをジェファソンに知られたら、ふたりとも投獄される可能性が高かった。

17

フィリピン

ベスは、いまにも壊れそうなボロ船を見て、うんざりして鼻に皺を寄せた。カブリーヨに会うために、レイヴンといっしょに来るようにと指定されたマニラの桟橋《さんばし》に、その船は係留されていた。明るい朝の陽射しもその船に好意的ではなく、錆びた個所、色合いがちぐはぐなグリーンの塗装、船体のひびを、強烈な光であらわにしていた。港のその場所で、すぐに沈んでしまいそうに見えた。

「ほんとうにここでいいの?」ベスはレイヴンにきいた。レイヴンは船を見ても、片方の眉をちょっとあげただけだった。

「メールにはここだと書いてあった」レイヴンが答えた。

「でも、この船はノレゴ号よ」扇形《おうぎがた》船尾に描かれた船名を、ベスは指差した。旗竿にはベスの知らない商船旗が翻《ひるがえ》っていて、アメリカ船籍でないことははっきりしていた。「オレゴン号はグアムからここまで、二日では来られなかったのかもね」

レイヴンは眉をひそめて、錆びた巨大な船体を見た。「そうかも」

ベスとレイヴンは、この二日間、マニラのホテルに身をひそめていた。盗まれたガードナー美術館の絵を取り戻せるかもしれないことを思い、ベスは退屈で気が変になりそうだった。いっぽうレイヴンは、必要になるとおぼしい新しい装備を手に入れるために、街に出ていった。武器を持って税関を通ることはできないので、ここで拳銃やナイフも調達した。

メールを読みちがえていないかどうか、返信してたしかめようとベスが思ったとき、制服姿のフィリピン人の役人が通板《みちいた》の上に現われた。汚いチノパンをはいて、汗の染みができているデニムシャツのボタンを太鼓腹《たいこばら》の上ではずしたままの、皺だらけで日焼けした老人がいっしょだった。

フィリピン人が、押し売りかなにかを追い払うような仕草で手をふりながら、がたついている通板をおりてきた。ふたりのそばを通ったとき、フィリピン人の顔が真っ蒼で、額をハンカチで拭いているのがわかった。いまにも朝食を吐きそうな感じだった。

老人のほうは、朝食のついでにいっぱいひっかけていたのか、よろよろと通板をおりてきた。下まで来ると足をとめて、手摺にもたれた。

「なんの用だ?」紙やすりでこすっているような、ざらざらした声で、老人がいった。なめし革のような顔に深い皺が刻まれ、獅子鼻《ししばな》のまわりで等高線をこしらえている。頭はつるっ禿げで、残っている毛はラムチョップ形のもみあげだけだった。眉は鳥が巣をかけそうなくらいもじゃもじゃだった。

「ファン・カブリーヨを探しているの」ベスはいった。

老人が、怖い顔でふたりを見た。「ブリートが食いたいんなら、レストランへ行け。おれは船長だ。コックじゃない」

レイヴンが、笑いを押し殺した。

ベスは、老人に精いっぱい魅力にあふれた笑みを向けて、よく聞こえるようにと大声でいった。「船長さん、わたしたちはファン・カブリーヨというひとと、ここで会うことになっているんです」

「わかった。わかった。どならなくてもいい。それじゃ、あんたたちは、ベス・アンダーズとレイヴン・マロイだな?」

「そうです」

ふたりが本人かどうかを考えているのか、老人が口をとがらしてからうなずいた。

「おれはハーブ・マンソン。ファンはこっちだ。ついてこい」

マンソンと名乗った老人が、よろけながら通板をあがっていった。ベスとレイヴンは、顔を見合わせて、肩をすくめ、あとをついていった。

甲板が散らかり放題だったので、上部構造へ行くのに、ふたりはゴミや切れた鎖をまたがなければならなかった。マンソンが先をジグザグに歩いていたが、一歩進むごとに、邪魔物だらけの甲板でひっくりかえるのではないかと、ベスは心配した。

ベスは、体を傾けて、レイヴンにささやいた。「まずいことにならないかしら？」

「わたしたちがだれなのか、あの男は知ってた。来るのを待ってたのよ」

「あんな男が、カブリーヨの組織にいるとは思えないのよ。ノアの方舟《ノアズ・アーク》に密航していそうな年寄りじゃないの」

マンソンが、突然、肩ごしにいった。「ああ、どうやって駐めるか《ノウ・ハウ・トゥー・パーク》は心得とる。ちゃんと桟橋につけたじゃないか」

ベスはびっくりして、マンソンを見てから、レイヴンにいった。「どうして聞こえたのかしら？」

「さあ。だけど、どうもようすがおかしい」レイヴンの手がホルスターに入れた銃のそばに持ちあがっているのに、ベスは気づいた。

マンソンが手をふり、船内にはいるよう促した。ベスがなかにはいると、フィリピンの港の役人が吐き気をもよおしたわけが、すぐにわかった。嫌な臭いがふたりを出迎え、狭い船長室にはいると、ゴミがあふれている機械式大型ゴミ容器なみのひどい悪臭が襲いかかった。鼻を刺す臭いは、ほとんどがとなりのバスルームから発しているようだった。マンソンが便所のドアを閉める前に、ベスはあとで悪夢を見そうなひどい汚れをちらりと見た。

うしろから聞いたことがある声がかけられたので、ベスは驚いた。「やあ。おれたちを見つけられたようだな」

ベスがさっとふりむくと、マックス・ハンリーが戸口に立っていた。

「ファン」マックスが、皺くちゃの船長に向かっていった。「いま、強化型地上調《パワード・インヴェスティゲイター・》査車《グラウンド》に、装備を積んでるところだ」

ベスは向き直り、唖然としてマンソンと名乗った男を見つめた。だが、男が答えたときには、カブリーヨの力強いバリトンになっていた。

「よし。エディーをよこしてくれ。あんたがＰＩＧを準備しているあいだに着替える」

「どうしても、そう呼ばなきゃならないのか?」マックスがいった。

「あんたが設計し、呼び名を選んだ。どうなるか、わかっていたはずだろう」

「略語か。ここじゃ、みんな略語をつかいたがる」マックスが、ぶつぶついいながら出ていった。

「きみらを騙してすまなかった」カブリーヨは、禿げ頭のかつらと、付けもみあげを取った。「しかし、詮索《せんさく》好きなやつに見られるかもしれない埠頭《ふとう》で、正体を現わすわけにはいかなかったんだ」

「それじゃ、これがオレゴン号なのね?」レイヴンが、落ち着いていった。

カブリーヨはにやりと笑って、付け鼻と偽の腹をはずした。「驚いていないようだね」

「NOREGO、OREGON。綴り換《アナグラム》えだと、いまわかったの。でも、うまい偽装ね。わたしはそう簡単には騙されないのよ」

「そうだろうと思っていた。あまり目立たないように港を出入りするための用心だ。どこの港長も、この船からできるだけ早くおりようとするから、お忍びで動きまわれる。さて、ベス、ちょっと陸地の旅に出かける用意はいいかな?」

カブリーヨの変身にびっくりしてあけていた口を、ベスは閉じた。「まだよくわからないんだけど。ＰＩＧってなに？」

「きょうの交通手段だ。ああ、エディーが来た。わたしが茶色のコンタクトをはずして着替えるあいだ、エディーに案内してもらってくれ」

ほっそりした中国人が、先ほどマックスが立っていたところに現われた。陸上作戦部長のエディー・センだと、カブリーヨが紹介した。

「どういう意味？」ベスはきいた。

「この船から遠足に出かけるときには、わたしがいつも指揮をとります」エディーがいった。

「でも、わたしも行くよ」カブリーヨはいった。「あとで下で会おう」

カブリーヨが身をかがめて船長室を出ていくと、エディーはいった。「新鮮な空気を吸いましょうか」

「そうね。お願い」ベスはいった。

表に出ると、埠頭の油の浮いた海のにおいでも、信じられないくらい心地よく思えた。ベスは、刑務所から解放されたばかりのように、ほっとして息を吸った。

甲板のクレーンのうちの一基が、角張ったトラックを船艙から持ちあげていた。タイヤが馬鹿でかく、前部には頑丈そうな運転台があった。かつては恐るべき車だったのだろうが、いまは積載されていた船とおなじように、ボロボロの姿だった。重みに文句をいうようにクレーンがうめいたが、トラックはなめらかに桟橋の上に運ばれていって、羽根が落ちるようにふんわりとおろされた。

「あれに乗っていくの？」通板を下りながら、ベスはきいた。「レンタカーのＳＵＶを使えばいいのに」

「ＰＩＧは姿こそ別嬪《べっぴん》じゃないが、乗り心地はいいんだよ」エディーは、トラックのまわりをまわっているフィリピン人の役人に目を留めた。「ちょっと待って。検査官を追っ払わないといけない」

ＰＩＧがクレーンからはずされると、エディーは後部ドアをあけた。車体側面とそのドアには、石油探鉱会社の消えかけたロゴがあった。カーゴエリアには、ドラム缶が満載されていた。「予備の燃料だ」エディーが検査官にいうのが、ベスの耳に届いた。検査官がうなずき、クリップボードの書類になにかを書き、エディーがサインした。その間に百ドル札数枚を書類の下に差し込むのを、ベスは見た。

検査官が行ってしまうと、エディーはいった。「質問されるのを避けるために、袖の下を使うこともある」

ベスはうなずいただけで、なにもいわなかった。厄介な質問に答えてもらうために、現地の胡散《うさん》臭い人間に、おなじことをやったことがある。

エディーがPIGの車内で準備を整えるあいだ、ベスとレイヴンはそばに立っていた。数分後に、黒いTシャツと薄手のカーゴパンツという格好で、カブリーヨが通板を大股でおりてきた。

「そのほうがずっといいわ」ベスはいった。

「わたしもそう思う」カブリーヨはいった。「きょうはこれでハーブ・マンソンとはお別れだ。どんなぐあいかな、エディー?」

エディーが、運転台から顔を出した。「すべて点検済みです、会長。いつでも出かけられますよ」

「それじゃ、乗ろう。ベス、レイヴン、もしよければ、わたしが助手席に乗る《ライディング・ショットガン》(西部開拓時代の幌馬車の護衛に由来する)」

ベスはレイヴンとともにリアシートに乗り、強力なエアコンですでに涼しくなっていたのでほっとした。シートは破れ、色褪《あ》せていたが、革は意外にもしなやかで、クッションの支えもじゅうぶんだった。

ドアをすべて閉めると、エディーがスイッチをはじき、旧式なダッシュボードがひっこんで裏返った。最新鋭のコンピュータ・ディスプレイとハイテク・スイッチ類が現われた。

エディーが、強力なディーゼル・エンジンのギアを入れて、オレゴン号から遠ざかった。乗り心地はリムジンなみになめらかだった。

カブリーヨが、助手席からふりかえった。「このPIGには、役に立つかもしれない隠れた特徴がほかにもある。山でどういうものに出会うか、わからないからね。GPSによれば、四時間かかる。横のクーラーに飲み物とサンドイッチがはいっている。お好きにどうぞ」

ベスが首をふって、笑った。「隠れた特徴？　わたしが座っているのは射出座席？ヘッドライトには機関銃が仕込まれているの？」

カブリーヨは、謎めいた笑みをベスに向けた。「いや、ヘッドライトじゃない」

射出座席については、なにも答えなかった。

サルバドール・ロクシンのヘリコプターが、ルソン島中央の人里離れた施設に着陸するあいだ、メル・オカンポは、不安げに見守っていた。ロクシンが来るのを、できるだけ遅らせるように手をまわしていたのだが、こうなっては、タイフーンの複製がまったく進んでいないのをごまかすことはできない。

かつてマニラの化学コングロマリットの研究者だったオカンポは、あのころに戻ればどんなにいいだろうと思った。刺激的ではなかったが、高給で安定した仕事だった。しかし、新しい仕事を——三倍の報酬で——持ちかけられたときに、その賭けに飛びついた。そのときは、一生に一度のチャンスのように思えたのだ。前金をもらい、あとで合流するつもりで、妻と子供ふたりをアメリカのいとこのところへ行かせた。いまでは、誘いの電話に出なければよかったと思っている。

これで四カ月、この僻地の施設に閉じ込められ、五人の化学者を率いて、六人とも見たことがない錠剤の処方を見抜くという不可能な仕事をやらされている。いまではここを生きて出られるかどうかも、わからなくなった。

ロクシンとその右腕のタガーンが、ヘリコプターをおりて、すたすたと近づいてきた。

「オカンポ博士」ロクシンがいった。いらだっているのが、ありありとわかる。「おれがここに来たわけは？」

オカンポは、たどたどしく答えた。「それは……あなたのプロジェクトがどれくらい進んでいるかを見るため——」

「ちがう。おまえができるといった仕事をやっていないから来た」

ロクシンは、オカンポの横をすり抜けて、タガーンとともに研究室がある棟に向かった。ふたりがドアをあけ、殺菌の手順を無視して、なかにはいっていった。オカンポが小走りにあとをついていった。

化学者五人が、ガス・クロマトグラフを運転しながら、背をまるめて高性能顕微鏡を覗き、コンピュータのデータを見つめていた。ロクシンは化学者たちを監禁していたが、最新の機器はあたえていた。全員が一瞬、顔をあげたが、はいってきたのがロクシンだというのを見て、作業に戻った。無視したわけではなく、仕事にはげんでいると見られたいからだった。

それがごまかしだというのを、オカンポは知っていた。製造しようとしている薬物について、もっと情報が得られないと、いくらやっても成果は出ないだろう。

「錠剤を再生できないのはどうしてだ?」ロクシンが、語気荒くきいた。

「ロクシンさん、いただいた錠剤はたった十錠でした」オカンポはいった。「化学成分を効率的に分析するには、五十錠以上ないと」

「化学物質を突き止めるのに、サンプルはすこしあればいいと思っていたが」

「既存の物質と比較するのであれば、それで足ります。たとえば、放火の捜査で見つけた残留化学物質なら、既存のデータベースがあるので、サンプルを比較できます。

でも、わたしたちがやっているのは、もっと難しいことです。この薬物の化学物質の調合を、ゼロからやるよう求められているわけですから」

ロクシンがだしぬけに重い金属性のデスクを片手で持ちあげ、軽いバルサ材でできているかのように、壁にほうり投げた。大きな衝突音が響いて、作業がすべてとまり、化学者たちが怖れおののいてロクシンのほうを見た。

怒りに顔を真っ赤にしているロクシンが、オカンポと顔を突き合わせるようにして、甲高くわめいた。「細かいことはどうでもいい。おまえにできるかどうかが知りたい！」

恐怖のあまり、オカンポは急に口がカラカラに渇いた。例の薬物を複製できる可能性はかなり低いのだが、それはいえない。「時間と資源さえあれば、できます。でも、もっと錠剤がないと」

「渡す錠剤がなかったら？」

「時間がよけいにかかります」

「どれぐらいかかる？」

「はっきりとはいえません」

「錠剤があれば？」

オカンポは、思わず生唾を呑んだ。「三カ月。まもなく飛躍的進歩《ブレークスルー》があると思います」マリア・サントスという化学者の目を見た。そういったとき、マリアが目配せをしたのに気づいていた。

たちまちロクシンの顔が一変した。怒りの表情は消え、幸せそうな笑みがそれに変わった。まるで旧友でもあるかのように、オカンポの肩に腕をまわした。

「ブレークスルーか」ロクシンがいった。「そういう話が聞きたかったんだ。おまえは頼りになるとわかっていた、オカンポ博士。しかし、処方は三カ月ではなく二カ月以内にほしい。できるだろうな。錠剤の数は限られているから、もう渡せないが、必要なら人間を増やす。指示してくれ」

なんの罪もない人間をこの悪夢に何人もひきずり込むことを思い、オカンポは身震いした。そんな責任は担《にな》えない。

「薬物の効果について、もっと詳しいことを教えてもらえれば、焦点を絞れるかもしれません」

「おまえの専門はステロイド開発だ」ロクシンがいった。「だからおまえをここで働かせている。タイフーンにどういう目的があるかは知る必要がない。ただ複製すればいいいだけだ」オカンポを自分のほうに向かせて、目を覗き込んだ。「いいか、できないのならそういえ。プロジェクトをただちに中止する」

プロジェクトを中止する？　全員殺して地面に埋めるのに、ずいぶん上品ないいかたをする。

「できます、ロクシンさん」オカンポは請け合った。「いまも申しあげたように、ブレークスルーがまもなくあるでしょう」

ロクシンが、オカンポの背中を叩いた。「おれがここに来たおかげで、やっとやる気が出てきたようだな」

「おっしゃるとおりです」

「よし、おれは朝食を食う。戻ってきたら、仕事をどうやり遂げるのか、詳しい報告を聞かせてくれ」

オカンポは、顔から血の気が引くのを感じていた。「かしこまりました」

ロクシンとタガーンが出ていった。マリア・サントスがデスクから身を起こし、オカンポのほうへ走ってきた。

「気はたしか？」マリアはいった。「ブレークスルーなんか見込めないのに」

「でも、あいつにはわからない」

「きょうはごまかしの計画をでっちあげられるかもしれないけど、遅かれ早かれロクシンに見破られる。あの男の望むことをやる方法がまったくわかっていないのがばれるわ。たぶん、すぐに」

「わたしもそう思う。だから、みんなでここから逃げ出さないといけない」

「逃げる？　あなた、ほんとうに頭がおかしくなったんじゃないの」

オカンポは、マリアの左右の肩に手を置いた。「やりかたはもう思いついた。あとはどうやって注意をそらすかを考えればいいだけだ」

18

マニラの北の山地を通っているハルスマ・ハイウェイは、世界一危険な道路だと見なされている。カブリーヨが、その評価をベスとレイヴンに教える必要はなかった。見ればどれほど危険かはすぐにわかる。

ルソン島の中央を曲がりくねっている道路は、一車線に狭まっているところがかなり多く、対向するバスを通すために、五時間の旅のあいだに何度か何百メートルもバックしなければならないことがあった。道路は整備状態が悪く、未舗装の個所もあった。だが、アスファルト舗装も熱帯の土砂降りが頻繁《ひんぱん》にあるせいで氷のように滑りやすく、走りにくいのはおなじだった。ガードレールもない断崖《だんがい》、土砂崩れ、霧に巻かれたための事故で、毎年何十人もが死んでいる。PIGの自動パンク止めワイドタイヤが、高さ一五〇メートルの崖ぎりぎりになることもあったが、カブリーヨはエディーの運転の技倆を信頼していた。最近の土砂崩れで落ちた岩の山をよけ、霧のなかから突進してきたバスに衝突しないように加速したときにも、その技倆が実証された。

　カブリーヨは、ＰＩＧも信頼していた。メルセデス・ウニモグのシャシーをもとにして、マックスが徹底的に改造した。運転台にはライフルの銃撃に耐える装甲がほどこされ、八百馬力のターボ付きディーゼル・エンジンは、ニトロ添加で千馬力を超える。ＰＩＧに射出座席はないが、ヘッドライトに機関銃が仕込まれているというベスの憶測は、場所がちがうだけで当たっていた。三〇口径機関銃が、フロントバンパーの裏に隠され、迫撃砲をルーフの開閉式ハッチから発射できる。誘導ロケット弾発射機が、車体側面のパネルに隠されている。発煙機から後方に濃い煙幕を流すこともできる。後部の五五ガロン（約二〇〇リットル）・ドラム缶には、たしかに予備燃料がはいっているが、移動手術室、無線傍受設備、戦闘装備のコマンドウ十人を隠せるカーゴエリアを隠すために積んであった。

　きょうの任務のために、ＰＩＧは偵察車に設定され、ルーフのハッチから発進できる観測ドローン数機を積んでいる。カブリーヨはゴメスほどにはドローンの操縦に熟達していないが、最近受けた訓練のいい腕試しになるはずだった。

　ＧＰＳ航法機器の誘導を頼りに、目的地近くでカブリーヨはエディーに、未舗装路に曲がるよう指示した。ブロンズの鷲のフィニアルに隠された発信機が位置検出電波を発した最後の場所だ。その山道にはトラックの轍がかなり残っていたが、ジャングルの植物が鬱蒼と茂って、ともすればそれを隠していたし、枝がＰＩＧの車体をこすった。

未舗装路にはいって一・五キロメートル進むあいだ、出会う車は一台もなかった。そこには、レザーワイヤが上に取り付けてある厚い鋼鉄のゲートに仕切られた脇道があった。高さ三メートルの金網のフェンスが、左右のジャングルにのびて、見えなくなっていた。エディーは、ＰＩＧの速度を落とし、脇道の横を通過させた。

「警備が極端に厳重ですね」エディーがいった。「辺鄙《へんぴ》な道路を一時間も走らなければならないところなのに」

「だれも入れたくないんだろう」カブリーヨはいった。「それとも、だれも逃げないようにしているのか」

レイヴンが、頑丈なゲートに目を凝らした。「五億ドル相当の美術品があったら、わたしだってこれくらい用心するかも」

ベスが首をふった。「でも、こんなジャングルのどまんなかで保存する理由がない。取り引きに使うのなら、もっと移動しやすいところに置くんじゃないの？」

「たしかめる方法はただひとつ」カブリーヨはいった。「空からなにが見えるか、わたしたちの目を飛ばしてみよう」

エディーが、ＰＩＧをさらに三〇〇メートル走らせ、ゲートから見えない場所にとめた。植物が繁茂しているので、道路からそれることができなかったが、当分、通行の邪魔になるとは思えない。

カブリーヨがルーフのハッチをあけるスイッチを入れると、湿気の多い山の空気が車内に押し寄せた。スマートフォンを操縦に使い、ダッシュボードのスクリーンでカメラの映像を見ながら、カモメほどの大きさの無人機《UAV》（〝ドローン〟が一般的になる前の軍の呼称で〝有人機〟に対するもの。最近では軽く小型のものはドローンと呼ばれることが多い）をカブリーヨは発進させた。

ＵＡＶが樹冠の上を上昇してから、ターゲットに向けて飛んでいった。クアッドコプター型のほうが運動性能はいいのだが、ローター四枚が回転するブーンという音が、こういう静かな場所では無用の注意を惹く。しかし、このＵＡＶには主翼と尾翼があり、機首に自由支持架台《ジンバル》に取り付けた小型カメラを備え、尾部の可変速プロペラによって飛ぶ。最大速度は六〇ノットだが、無音偵察用ステルス・モードで、プロペラの回転を落としていた。鷹《たか》に似せた塗装なので、上昇気流に乗って滑空している猛禽類《もうきんるい》のように見える。

ＵＡＶは、高度一〇〇〇フィートを飛びながら、八〇〇メートルほど道路をたどり、切り拓かれた区域の上空に達した。中央にプレハブの建物があり、それよりも小さい建物数棟に囲まれていた。ヘリ発着場《パッド》があり、ヘリコプター一機が、エンジンをかけたまま、ローターをゆっくりとまわして駐機していた。砂利の私設車道が、その施設のそばを通り、奥のジャングルに通じていた。旋回するＵＡＶにだれも気づいていないようだった。グリーンの戦闘服を着て、アサルト・ライフルで武装した警備兵五、六人が、敷地をパトロールし、高機動多目的装輪車《ハンヴィー》五台が端にとまっていた。そのうち二台には、五〇口径機関銃が搭載されていた。

「美術品保管施設にしては、やけに重火器がそろっていますね」エディーがいった。

「警備兵が多いから、よく見るには暗くなるのを待たないといけない」カブリーヨはいった。「レイヴン、ベス、ここにいて、ＵＡＶでわたしたちを見ていてくれ。エディーとわたしがフェンスを抜けて、なにが行なわれているかを調べる」

「わたしもいっしょに潜入する」レイヴンがいった。

カブリーヨは首をふった。「ふたりだけのほうが、速く動ける。それに、きみのファイルには、小型ＵＡＶを操縦したことがあると書いてあった。それはベスの得意科目ではなさそうだし」

「墜落させたいのなら、わたしが適任よ」ベスがいった。

「それじゃ決まった……レイヴン。操縦のやり方を教えよう。これで……」

大きな建物のドアがあき、六人の男が出てきたので、カブリーヨは言葉を切った。先頭のふたりは、待機しているヘリコプターに向かいながら話をしていた。

「出ていくやつがいるようだ」カブリーヨはいった。

レイヴンが、スクリーンをよく見ようとして、身を乗り出した。「このふたりを拡大できる?」

カブリーヨは、先頭のふたりに焦点を合わせた。ふたりとも筋骨たくましいフィリピン人だった。

「あの男よ」ベスがいった。「バンコクのクラブにいた」

「タガーンと呼ばれていた」レイヴンがつけくわえた。

「となりの男が何者か、知っているか?」エディーがきいた。

ベスとレイヴンが、首をふった。

「身許を突き止められるかもしれない」カブリーヨは静止画像に変換したものを衛星経由でオレゴン号のコンピュータに送った。マーフィーにメールを送り、ＣＩＡの顔認識データベースに一致するものがあるかどうか調べるよう指示した。

タガーンともうひとりの男が、出てきた建物を何度か指差して、さかんにしゃべっっていた。

「なかにあるなにかのせいで、興奮している」エディーがいった。

「絵を破却したほうがいいかどうかを議論しているのでなければいいけど」ベスがいった。

「美術品があるのをエディーとわたしが確認したら」カブリーヨはいった。「わたしたちだけで持ち出せるかどうかを検討する。無理なら、もっと大規模なチームで出直す。しかし、信号が一時的にここから発信されたからといって、ここに保管されているとはかぎらない。ケース内にあって信号が途切れていたあいだに、よそへ運ばれた可能性もある」

「わかってるわ」ベスがいった。「これだけ近づいたのに、なにも見つからないと思うと嫌になるの」

「謎の男の身許がわかりました」エディーがいった。タガーンといっしょにいる男の写真が、スクリーンに出ていたが、写真のほうがずっと痩せていた。

カブリーヨは名前を読んだ。「サルバドール・ロクシン。きみたちが出会った麻薬密売業者は、フィリピン政府を倒そうとしている共産主義革命家の組織で、ロクシンが頭目だ」

エディーが、スクリーンのほうへ身を乗り出した。「先週、海上で護送船をロクシンの部下が襲撃して、警官十二人を皆殺しにした。ロクシンが奪回されたのか、それとも船といっしょに沈んだのか、フィリピン国家警察にはまだわかっていない」

カブリーヨは、ドローンの画像のほうを顎で示した。「死人にしてはずいぶん健康そうに見える」

エディーはロクシンに対する容疑のリストをスクロールした。「殺人、政治家の暗殺、強請《ゆすり》、贈収賄《ぞうしゅうわい》、脅迫。何ページもある。犯していない犯罪をならべるほうが早い。それに、賞金も懸かっていますよ。二百万ドル」

「私たちの最優先事項は絵よ」ベスがいった。

「賛成だ」カブリーヨはいった。「しかし、一石二鳥が可能なら、フィリピン警察がこの男を捕まえるのを手伝ってもいい」

ロクシンとタガーンが、話し合いを終えて、ふたりともへリコプターに乗り込んだ。

「もっけのさいわいかもしれない」エディーがいった。「親玉がいなくなったら、警備がゆるむこともあるから」

「ボスのいないあいだにネズミが遊ぶというわけか?」カブリーヨはにやりと笑った。

エディーが、くすくす笑った。「うちの会社はちがいますよ、会長」

ヘリコプターが離陸し、敷地の上で向きを変えてから、加速してそこを遠ざかった。カブリーヨたちがいる方角に向けて。

脈動するローター音が、たちまち大きくなった。

「ファン」ウィンドウから首を出していたベスがいった。「真上に飛んでくるんじゃないの？」

すべての方位に向かって飛べるのに、ヘリコプターのパイロットは、よりによってPIGのほうを目指していた。

「いまさら移動しても遅い」カブリーヨはいった。「土煙を見つけられてしまうだろう。葉や枝が邪魔になって見つからないことを願うしかない」

くすんだグリーンの塗装が、すこしはカムフラージュになるが、車体の角張った輪郭は、ジャングルに溶け込むのが難しい。

ヘリコプターが接近するあいだ、四人は息を殺していた。真上は通らなかったが、横からのほうがよく見えるので、よけいまずかった。問題は、ヘリコプターに乗っている人間が、PIGのほうを見るかどうかだった。キャノピイが陽光を反射していたので、だれかがこちらを向いているかどうかを、見極めることができなかった。

ヘリコプターは、速度を落とさずに飛び去った。

四人ともほっとして座り直したが、安心は長つづきしなかった。いまも施設上空を旋回しているＵＡＶが送ってくる画像には、重武装の警備兵が建物から跳び出して、機関銃を搭載した一台を含むハンヴィー四台に乗り込むあわただしい動きが映っていた。

二台が私設車道をジャングルに向けて猛スピードで遠ざかり、あとの二台が正面ゲートに向けて疾走した。

「ずる賢い」エディーが、感心したようにいった。「われわれを発見したのを悟られないように、ヘリのパイロットはそのまま飛びつづけた。ＵＡＶで見張ってるのを気づかれていなくて良かった」ＰＩＧのエンジンをかけ、ギアをバックに入れた。

「敷地からこの道に通じているべつの出口があるにちがいない」カブリーヨはいった。

「挟み撃ちにするつもりだ。ＵＡＶを戻す。エディー、ここから脱出してくれ」

エディーがアクセルを踏み、ＰＩＧは猛烈な勢いでバックした。

ＵＡＶをＰＩＧに戻す前に、研究室用の白衣を着た六人が、残っていた警備兵ふたりに大きな建物から手荒く追い出されるのを、カメラが捉えた。急に人影がなくなった敷地内を、六人はとまどったようすで見まわした。

「何者かしら？」ベスがきいた。

いようだ」

「わからない」カブリーヨはいった。「しかし、本人の意思であそこにいたのではないようだ」

警備兵のひとりが、先頭の男をどなりつけたとき、その男がふりむき、なにかを投げつけた。それが炎を噴き出して爆発し、警備兵が銃を捨てて、白熱した炎を消そうとして必死で走りまわった。

白衣の集団のべつのふたりが、もうひとりの警備兵になにかを投げつけた。にわか作りの手投げ弾のようなものが、また炸裂した。炎を消そうとして警備兵が地面を転がったが、アサルト・ライフルは離さなかった。服が燃えているにもかかわらず、白衣のひとりを撃った。最初に手投げ弾を投げた男が、落ちていたアサルト・ライフルを拾いあげて、長い連射で警備兵を撃ち殺した。もうひとりの警備兵が、炎に包まれたまま狂ったように駆けよろうとしたが、銃撃を浴びて倒れた。

ベスは、悲惨な光景を見てあえいだ。「わたしたちのせいで逃げようとしているのかしら？」

「死に物狂いになっているようだ」カブリーヨはいい、エディーのほうをちらりと見た。カブリーヨの考えを読んでいたエディーがうなずいた。

脱走を扇動《せんどう》した男が、小さいほうの建物へ走っていって、数秒後、勝ち誇ったように、手にしたものを握りしめて出てきた。一台だけ残っていたハンヴィーのキイにちがいない。白衣の四人が、そっちに駆け出して、乗り込んだ。ハンヴィーはたちまち、正面ゲートを目指して疾走した。

「わたしたちは逃げ切れるかもしれない」レイヴンがいった。「でも、あのひとたちがべつのハンヴィーと鉢合わせしたら、皆殺しにされる」

「わかっている」カブリーヨはいった。待ち伏せ攻撃を指示するためにヘリコプターが戻ってくるのが、ローター音でわかった。「だから、われわれが助けにいく」

19

速度を増す高機動多目的装輪車《ハンヴィー》のハンドルを握っていたオカンポの両手は、激しくふるえていた。木立《こだち》の向こうにあるゲートは見えなかったが、そう遠くないとわかっていた。

「あいつら、みんなどこへ行ったのかしら？」助手席のマリア・サントスがいった。声がふるえていた。後部の化学者三人は、恐怖のあまり声もなかった。

「わからない」オカンポは答えた。「でも、かなりあわてていたようだった」

マリアは、すすり泣きをこらえた。「パウルが殺された」

銃弾の穴だらけになった化学者の無残な姿を、オカンポは意識からふり払えなかった。「でも、わたしたちは生きている」

「いつまで？　追いつかれたら殺される」

「すぐには殺さないだろう」

「待ち伏せしているかもしれないじゃないの」

「そうだが、これがいちばん速い逃げ道だ」

つぎのカーブを曲がったところで、オカンポはブレーキを踏み、ハンヴィーが横滑りしてとまった。機関銃を備えた一台を含むハンヴィー二台が、前方のゲートの外に配置されていた。そこの道をやってくるなにかを待ち構えているような感じだった。ドアの蔭に警備兵たちがしゃがみ、銃を構えていた。

「なにをやっているのかしら?」マリアがいった。

「待ち伏せ攻撃のようだ」オカンポは答えた。

「でも、あと二台、ハンヴィーがあるはずよ。けさ数えたら五台だった」

「一か八か、その二台が道路の先にいないことに賭けるしかない」

警備兵たちは、オカンポのハンヴィーに警戒するようすはなかった。ひとりが、こっちへ来いと手招きしたほどだった。

オカンポは、エンジンをふかした。

「どうするの?」

「わたしたちだとは気づかれていない。施設に残っていた警備兵だと思われている」

「じきにばれるわ」

「ああ。だから、みんな伏せていたほうがいい。ばれる前に横を突破する」

オカンポがアクセルを踏みつけると、ハンヴィーが急加速した。

「抜けられる隙間がない！」マリアが悲鳴をあげた。

突進するとき、オカンポの心臓が早鐘《はやがね》を打っていた。「隙間はこしらえる。つかまれ！」

シートベルトがカチリとはまる音がした。オカンポもシートベルトを胸にかけた。さきほど手をふった警備兵が、速度を落とせと手で合図した。運転席から見返しているのがだれだかわかったときは、もう間に合わなかった。

オカンポは、機関銃を搭載していないほうのハンヴィーとゲートのあいだを通り抜けようとしたが、そこの幅が狭すぎた。車体の左側がゲートをこすり、右側がとまっていたハンヴィーの後部に激突した。そのハンヴィーがもう一台のほうへ押し出され、警備兵ふたりがそのときに吹っ飛んだ。予想外の衝突に、あとの警備兵が物蔭に跳び込んだ。

ハンドルがオカンポの手を離れ、ぐるぐるとまわった。オカンポのハンヴィーは溝に突っ込み、跳ね返って未舗装路に戻った。

前方に車両はいなかった。

オカンポは気を取り直して、ハンヴィーを走らせようとしたが、どこかがおかしかった。ハンドルがいうことを聞かず、速度もあがらなかった。

他のハンヴィーと衝突したときか、溝に落ちたときに、サスペンションが壊れたようだった。これでは、追手のハンヴィーをふりきることは望めない。うしろでアサルト・ライフルが乾いた銃声を発し、車体後部に弾丸がつぎつぎと当たった。

「伏せろ！」オカンポは叫び、一発がフロントウィンドウに達する前に右腕を貫通したため、悲鳴をあげた。

片腕しか使えないのでは、ハンドルを押さえ切れない。ハンヴィーが右に曲がって、木に激突した。

衝撃でオカンポは一瞬、ぼうっとした。マリアに肩をゆすられ、腕を痛みが走って、我に返った。

「林！」マリアが叫んだ。「ジャングルにはいって逃げ切るしかない」

樹木が鬱蒼と茂って潜り込めそうになかったが、マリアがあきらめていないのだから、がんばるしかないと、オカンポは思った。シートベルトをはずし、ドアをさっとあけた。撃たれた腕を押さえ、精いっぱい速くおりた。

逃げられる見込みはなかった。先ほど激突したハンヴィーが轟然と迫り、ウィンドウから警備兵たちがアサルト・ライフルで狙いをつけていた。

他の化学者は、すべて立ちどまって両手をあげていた。オカンポは手をあげなかった。

ハンヴィーがすこし横滑りしてとまった。警備兵たちが跳びおりたが、発砲しなかった。タイフーンの処方を突き止めるというロクシンの目標に、化学者たちが貴重な存在だというのが、わかっているからだ。

「地面に伏せろ！」警備兵のひとりが叫んだ。

化学者たちはみんな従ったが、オカンポは立ったままだった。これで終わりだとわかっていた。ここで死ぬか、それとも脱走をそそのかしたのをロクシンに知られたときに殺されるかだ。だが、戻ってまたロクシンのために働くのは嫌だった。

「伏せろといったんだ！」

オカンポは、その警備兵を睨みつけた。

警備兵の顔に一瞬、ためらいの色が浮かんだが、オカンポへの怒りの激しさが、命令に従わないとあとでボスになにをされるかわからないという恐怖をしのいだ。警備兵がライフルを構え、オカンポの顔に狙いをつけた。

オカンポは、目をつぶって死を待った。

爆発音が聞こえたので、激しいショックを受けた。なにもかもがただ真っ暗になり、銃声が耳に届く前に死ぬものと思っていたからだ。

そのとき、ライフルの銃声ではないと気づいた。道路の先で爆発が起きていた。目をあけると、警備兵のハンヴィーがあったところから、煙が噴きあがっていた。警備兵は全員が、爆発のほうを向いていた。オカンポとおなじように、なにが起きたのか、見当もつかないようだった。

そのとき、一台のトラックが煙を抜けて突進してきた。ふつうのトラックのようだったが、意外にもフロントバンパーから機関銃の銃口炎がほとばしっていた。警備兵とハンヴィーに銃弾が突き刺さった。高速弾が空中でうなりをあげていたので、今度はオカンポもみずから地べたに伏せた。

まだ立っていた警備兵ふたりが応射したが、トラックから銃弾が跳ね返っただけだった。銃撃を浴びたハンヴィーから、オイルが燃える煙が吐き出された。

警備兵のハンヴィーの蔭にトラックがはいったので、オカンポには運転台が見えなかった。何度か銃声が響き、やがてあたりが静かになった。

だれかがハンヴィーの前をまわってきて、地面を踏む足音が聞こえた。小さなサブマシンガンを持ったブロンドの男が、亡霊のように煙のなかから現われた。

大股で近づいてくると、男はオカンポのそばで膝を突き、淡い笑みを浮かべた。

「やあ、わたしはファンだ。だれか、タクシーを呼んだかな？」

20

白衣を着た男は負傷していた。その男が、一瞬、口をポカンとあけてカブリーヨの顔を見た。口がきけないのか、英語がわからないのか、それともいまのジョークが気に入らなかったのだろうと、カブリーヨは思った。

「わたしはメル・オカンポ」男がようやくいった。「どこから来たんだ？」

「難しい質問だな。トラックに乗ってから答えさせてくれ」

カブリーヨは手をのばし、オカンポを立たせた。ベスとレイヴンが、怯えきっている化学者たちをＰＩＧに行くようせかした。エディーは運転席に残り、全員が乗り込んだらすぐに出発できるように備えていた。挟み撃ちにするために迂回《うかい》している高機《ハ》動多目的《ンヴィー》装輪車二台が、まもなくやってくるはずだ。

オカンポが立ちあがったとき、コンクリートミキサーのような重い物体が、カブリーヨにうしろから激突した。ＭＰ５サブマシンガンが手から離れ、カブリーヨは地べたに投げ出された。

衝撃でカブリーヨは息が詰まりかけたが、その勢いを利用して前転し、どこからともなく現われた攻撃者が見えるように身をかがめた。なんとも理解しがたいものを目にして、カブリーヨは目をぱちくりさせた。

相手は、さきほどカブリーヨが撃ったばかりの警備兵だった。抗弾ベストを着けていたから死なないかったのかと最初は思ったが、シャツの下の引き裂かれた肉が見えた。ふつうなら死ぬような上半身の銃痕からは、ほとんど血が流れていない。筋肉が盛りあがっているその警備兵は、片目をやられ、異様な顔でカブリーヨを見た。まるで致命傷を負った痛みで、逆に活気づいたようだった。

カブリーヨと警備兵は、サブマシンガンめがけて身を躍らせた。カブリーヨが先に拾いあげて、撃とうとしたが、警備兵は燃えているハンヴィーのボンネットの蔭に跳び込み、射界から逃れた。

カブリーヨは、凍りついているオカンポをその場に残し、急いでハンヴィーの車首をまわって、不死身の警備兵を斃《たお》そうとした。だが、そこへ行ったときには、警備兵はすでに人質をとっていた。

警備兵は、不気味な鋸刃《のこぎりば》のナイフを、ベスの喉に当てていた。足もとに警備兵の死体があった。そこから取ったのだろう。

ベスが、怯えた目で懇願するようにカブリーヨを見た。カブリーヨが狙い撃つのを防ぐために、警備兵はベスのうしろで身を低くしていた。残ったハンヴィーの仲間が追いつくまで時間を稼ごうとしていることは明らかだった。

回転をあげているハンヴィーのエンジン音が、どんどん大きくなり、いまでは戻ってくるヘリコプターのローターの脈動する音が、それにくわわっていた。ベスを早く取り戻さないと、カブリーヨたちは絶好の的になってしまう。

カブリーヨは、MP5の照準器の赤い点から目を離さず、警備兵の頭を撃てるようなかすかな隙が訪れるのを待った。だが、警備兵はずる賢く、身をさらけ出さなかった。

燃えているハンヴィーの窓を通して、かすかな動きにカブリーヨは目を留めた。レイヴンがSIGザウアー・セミオートマティック・ピストルを握っていた。やはり狙い撃てない角度だというのを、レイヴンは手ぶりでカブリーヨに伝えた。

警備兵がベスを人質として生かしておきたいと思っていることに、カブリーヨは賭けるしかなかった。サブマシンガンを握り直し、銃床《じゅうしょう》を持って、銃口を地面に向けた。それから、警備兵の見えているほうの目から視線を離さずに、ゆっくりと左へまわった。警備兵が、カブリーヨとのあいだにベスを立たせるように、向きを変えた。カブリーヨが一五〇センチ移動したところで、一発の銃声が響いた。銃弾は警備兵の頭を貫通していた。警備兵は、突然、命の抜けた死体となり、地面に転がった。ナイフはベスのシャツを切っただけで、皮膚は傷つかなかった。

カブリーヨはベスに駆け寄って、ふるえている腕をつかんだ。「だいじょうぶだ。行こう」ＰＩＧに連れていった。「急いでここを離れないといけない」

ふたりがＰＩＧに行ったとき、オカンポを従えてレイヴンも同時に着いた。

「みごとな射撃だった」乗り込みながら、カブリーヨはレイヴンにいった。

たいしたことはないというように、レイヴンが肩をすくめた。「あの男が片目でずっとあなたを見ているような間抜けだと、察してくれたからよ」

ＰＩＧに全員が乗ったらすぐに、自分たちが敵にまわしているのはどういう超人《スーパーマン》なのかと、カブリーヨはオカンポにきくつもりだった。あんな重傷を負っていたら、襲いかかる力が残っているどころか、立つこともできなかったはずだ。

カブリーヨがドアを閉め、全速力を出せとエディーに命じたとき、その質問はあとまわしにしなければならないとわかった。

追ってくるハンヴィー二台のうち、先頭の一台のルーフにあるのは、機関銃ではなかった。自分たちの相手の火力に気づいて、装備を交換したにちがいない。

そのハンヴィーには、ロケット擲弾発射機《RPG》が取り付けてあった。

「早く撃てっ！」ロクシンが、無線でどなった。「逃がすな！」

ヘリコプターの前席で双眼鏡を覗くと、重武装のトラックに最後に乗り込んだ男が見えた。あのトラックは、ハンヴィー二台を不意打ちし、ろくに応射するひまもあたえずにロクシンの部下の半数を殺した。

化学者たちを皆殺しにしなければならなくなっても、あの連中を逃がすわけにはいかない。

先頭のハンヴィーの射手が、ロクシンの命令に従い、RPGをトラックめがけて発射した。RPGが発射されると同時に、トラックが信じられないような加速力を発揮し、一気に速度を増した。

RPGは三〇センチ以下の誤差でトラックには当たらず、後部をかすめて飛び、一本の木を丸ごと吹っ飛ばした。

ロクシンは、のろまな射手をののしった。こいつらが逃げたら、ここで阻止するのに失敗した罰は、死でも軽すぎるくらいだ。

ロクシンは、ヘリコプターの後席に乗っていたタガーンのほうを向いた。「まちがいなく、あれがバンコクにいた女ふたりなんだな?」カブリーヨたちがトラックをおりていたときに、タガーンに双眼鏡で確認させていた。

タガーンがうなずいた。「赤毛はベス・アンダーズ、もうひとりは髪の黒い女だ。どうしておれたちの秘密基地《アジト》を見つけたのかはわからないが、突き止める」

「かならず突き止めろ。やつらを始末しなければならない」

タガーンがまたうなずき、収納してあった六銃身のミニガンと床に取り付ける架台《かだい》を出した。ロクシンが反乱分子のために調達した武器すべてとおなじように、その回転式ベルト給弾機関銃も、フィリピンの共産主義者の活動に共鳴している中国の供給源から手に入れたものだった。

トラックの驚異的な馬力のせいで、ハンヴィーは未舗装路でふりきられないようにするのに苦労していた。トラックがハルスマ・ハイウェイに達したところで、ハンヴィーがまたRPGを発射したが、マニラに向けて走るトラックのうしろの道路で爆発しただけだった。

だが、どういうわけか、トラックが速度を落としはじめた。ロクシンが双眼鏡で見ると、さっきの爆発で右後輪のタイヤの一本が、ずたずたに裂けていた。それでとまることはないだろうが、タイヤがバタバタと路面を叩いているため、曲がりくねった山道でハンヴィーを引き離すことができないようだった。

「動きを鈍らせることができたぞ」ロクシンは、ハンヴィーの射手に無線で伝えた。「追いついてとどめを刺せ」

「かしこまりました」すかさず応答があった。狙い澄まして撃つために、ハンヴィーがタイヤを鳴らしてヘアピンカーブをまわった。二台目がすぐうしろにつづいていた。

つぎの急カーブで、このあたりの山ではよく発生する霧が、どこからともなく湧き起こり、道路が林にはいるあたりで、トラックが見えなくなった。

そのとき、ロクシンは、なにが起きたかを悟った。トラックが煙幕を張ったのだ。何度かトラックが視界にはいったときに、後部から濃い煙が流れ出すのが見えた。

トラックの運転手が、カーブをまわってから煙幕を出したので、追跡しているハンヴィーには予想できなかった。

「前方に注意！　敵は煙幕を張った！」

だが、ロクシンの注意は先頭のハンヴィーには間に合わなかった。高速でカーブをまわったハンヴィーが、濃い煙に突っ込んだ。つぎにロクシンに見えたときは、ハンヴィーはカーブをまわりそこねて、山の斜面をまっしぐらに落下していた。無線から悲鳴が届き、そのあとはずっと、三〇〇メートル下で地面に激突し、激しい爆発が起きるまで、なにも聞こえなかった。

「三号車を失った」最後の四台目のハンヴィーの警備兵が伝えた。

ロクシンは、激怒して双眼鏡を握りしめ、つぶしそうになった。「三号車はほうっておけ」怒声を発した。「いいから追え」

「煙を通るのに、速度を落とさないといけません」

「そんなことはわかっている！　追うんだ！」ロクシンはどなった。やつらが何者なのか、突き止めるつもりだったが、それはやつらをこの世から消したあとでもいい。

その願望を口にしたわけではなかったが、それに答えるかのように、後部のタガーンがいった。「準備よし」ミニガンのスイッチをはじき、銃身を回転させて、発射できるようにした。後部カーゴエリアの架台から、どちらの昇降口からでも射撃できる。

「もっと接近しろ」ロクシンは、にやりと笑って、パイロットに命じた。制空権を握るのは気分がいい。あとはトラックがジャングルの樹冠から出てくるのを待ち、ゆっくりと料理して、ずたずたに引き裂けばいいだけだ。

21

レイヴンとベスが、怯えている乗客の怪我の手当てをしているあいだに、カブリーヨはPIGの防御システムを操作していた。エディーは道路に視線を釘《くぎ》づけにしていた。うしろから聞こえてくる会話で、自分たちが救ったひとびとが美術の分野とは関係ないことが、カブリーヨにわかった。

「異常振動がひどくなるいっぽうですよ」力を込めてPIGをコントロールしながら、エディーがいった。「このスピードだと、右後輪のタイヤがもう一本いかれそうです」自動パンク止めタイヤは、ライフルの銃弾に耐えるように作られているが、RPGの爆発でもっとひどい損害を受けていた。

「スペアタイヤに換えている時間はなさそうだぞ」カブリーヨは答えた。

「牽引車を呼ぶのは許してもらえるかも」

ヘリコプターが接近する音を聞いて、カブリーヨはいった。「呼ばなくてもいい。

自動車クラブの連中がまもなく到着する」

見あげると、機長のとなりの前席に乗っているサルバドール・ロクシンが、はっきりと見えた。ロクシンが邪悪な笑みを浮かべて、カブリーヨを見つめた。のんびりと手をふり、〝あばよ〟というように口を動かした。

そのとき、うしろで昇降口があき、ミニガンの回転銃身がカブリーヨにまっすぐ向けられるのが見えた。

「とめろ！」カブリーヨは叫んだ。

エディーがためらわず急ブレーキを踏むと同時に、ミニガンから炎がほとばしった。曳光弾《えいこうだん》が運転台のすぐ前の道路に突き刺さった。ヘリに前進モーメントがかかっていたので、銃手が狙いを修正してＰＩＧに命中させることができなかった。ＰＩＧの装甲は頑丈だが、重火器の強力な弾丸は防げない。

カブリーヨは、風がないせいで煙幕がまだ残っているのを、サイドミラーで見た。

「煙幕のなかに戻せ！」

エディーがギアをバックに入れ、ＰＩＧが勢いよく後退すると同時に、ヘリコプターが必殺の航過を開始するために戻ってきた。だが、煙幕に巻かれて、視界が利かなかった。

「つぎは？」煙幕に隠れて、なおもゆっくりとバックしながら、エディーがきいた。

「見えなくても撃ってきて、まぐれで当たるかもしれない」

「やつらのハンヴィーがすぐうしろにいる」

「対空戦闘能力がないのは、残念ですね」

その時点で、カブリーヨに見えるのはせいぜい三メートル先だった。「そうだな。マックスに装備を更新するよう話すよ」しかし、ＰＩＧにはまだ迫撃砲と誘導ロケット弾がある。

カブリーヨは、煙幕を突き破ってそびえている山の急斜面を見た。ここ数日の雨で、軟弱な地盤は水分を含んでいるにちがいない。

「ハンヴィーとちょっと距離を置くことにしよう」

カブリーヨはルーフ・ハッチをあけ、ダッシュボードの照準画面を見て、ＰＩＧと追ってくるハンヴィーのちょうど中間にあたる道路沿いの急斜面に、迫撃砲の狙いをつけた。

肩ごしに、後部の乗客に向かって叫んだ。「爆発するぞ！」彼らがまごついているのを見て、カブリーヨは耳をふさぐそぶりをした。全員が耳を押さえると、カブリーヨは迫撃砲弾を三発たてつづけに発射した。ドン、ドン、ドンという発射音が、ＰＩ

Gの車内に反響した。

弾着したときの爆発は見えなかったが、たちまち地面が揺れて、泥と岩のなだれがかなり離れている山の斜面を下ってきた。

「道路を覆い隠すくらいたっぷりと崩れたみたいですね」

「それでハンヴィーとRPGは防げる。さて、ロクシンのほうを始末しよう」

PIGの車体側面のパネルをあけて発射するロケット弾は、本来は対車両兵器で、誘導にもかぎりがある。飛行中の航空機に自動誘導するのは無理だ。

ヘリコプターが煙幕の外にいて、出てくるのを待っているのが、音でわかった。道路と直角をなして一カ所でホヴァリングし、銃手に安定した射座をあたえている。こんどは命中するにちがいない。

「エディー、ヘリコプターの音のほうに向けてくれ」

エディーは両眉をあげたが、ハンドルをまわし、PIGが向きを変えた。「この道はPIGの全長よりほんのすこし幅が広いだけですよ。うまくいかなかったら、移動して逃げる余地があまりないです」

「それじゃ、撃ち損じるわけにはいかない。しかし、目がもうひとつあれば役に立つだろう」

カブリーヨは、クアッドコプター型ドローン一機を発進させ、煙幕のすこし上まで上昇させた。

ドローンのカメラの映像がスクリーンに送られてきて、予想どおりの位置にヘリコプターがいるのが見えた。

ミニガンがカメラめがけて銃弾を吐き出しはじめたので、ロクシンたちがドローンを見つけたのだとわかった。クアッドコプターが空で軽快に躍り、優雅に銃弾を避けた。

スクリーンに映るヘリコプターの画像は縦横に揺れたが、ドローンは役目を果たし、カブリーヨはヘリコプターを狙い撃つのにじゅうぶんな情報を得た。

ロケット弾二発が発射された。

その瞬間、ロケット弾が煙幕を突き破る前に、ヘリコプターが機体を大きく傾けた。ドローンは攻撃の前触れだと、ロクシンかパイロットが不意に気づいたにちがいない。

一発目のロケット弾は、ヘリコプターの胴体から数センチのところを通過し、なんの被害もあたえられなかった。だが、二発目が尾部《テイル》ローターに命中し、粉々に吹っ飛ばした。

ヘリコプターがほとんど横倒しになり、きりもみに陥って制御不能になるのを避けようと、パイロットが必死で操縦した。ＰＩＧの上を通ったヘリコプターは、そのまま山の斜面に激突するかと思われたが、ぎりぎりの瞬間に、道路と薄れはじめていた煙幕の上で方向転換した。ＰＩＧの二〇〇メートルうしろで道路にまたがっていた土砂崩れを直角に越え、急降下して見えなくなった。つぎの瞬間、道路のはるか上に火の玉が噴きあがり、薄くなった煙幕を黒煙が覆った。

「撃墜したみたいですね」エディーがいった。「死体が丸焦げになったら、賞金二百万ドルをもらうのは難しいかもしれない」

サイでも倒れそうな重傷を負っているのに襲ってきた、突然変異体《ミュータント》警備兵のことを、カブリーヨは思い起こした。

「たしかめよう」カブリーヨは、土砂崩れの向こう側が見える位置に、ドローンを移動させた。

ヘリコプターが横倒しになり、燃えていた。墜落をきわどいところで避けられたとおぼしいハンヴィーが、そばでエンジンをかけたままとまっていた。道路にふたりが倒れていた。着地寸前のヘリコプターから跳びおりたようだった。

カブリーヨがドローンをさらに近づけると、ひとりはロクシンだった。仰向けになり、片脚のズボンが燃えていた。だが、驚いたことに死んではいなかった。カブリーヨが見ていると、ロクシンは昼寝でもしていたように起きあがって、手でズボンの火を叩いて消した。

タガーンだとわかったもうひとりも、起きあがった。ヘリコプターが墜落して爆発したのに生き延びたことを、ふたりともなんとも思っていないようだった。ロクシンが立ちあがって、ハンヴィーの警備兵をどなりつけ、来た方角を指差した。

「こいつらを殺すのには、なにがいるんだろう？」エディーが、信じられないというようにいった。「銀の弾丸か？」

「クリプトナイト（スーパーマンを殺せるとされている架空の物質）でなければいいが」カブリーヨはいった。「在庫を調べたが、切れたばかりだ」

ハンヴィーに乗り込む前に、ロクシンがふりかえり、真上でホヴァリングしているクアッドコプター型ドローンのほうを向いた。なにかをいって、手をのばした。警備兵のひとりが拳銃を渡した。

ロクシンは間をおかずにドローンを狙い、撃った。ミニガンの射手よりもずっと狙いが正確だった。四発目で命中させた。カメラの画像が途絶えた。

「運がいい」エディーがいった。

「腕よりも運のほうが大事なこともある」カブリーヨはいった。「しかし、ロクシンはその両方に恵まれているのかもしれない」

煙幕がすっかり晴れると、土砂崩れがロクシンの追撃を阻《はば》んでくれることが明らかになった。

「ロクシンの施設に踏み込むようにと、そろそろ官憲に通報しようか」カブリーヨはいった。

エディーが、ダッシュボードを指差した。「この道路に出る前に回収するひまがなかったので、観測UAVがまだ施設の上で旋回していますよ」その言葉どおり、カメラの画像がいまも鮮明に映っていた。「低電力モードなら、あと何時間か飛ばしておけます。もしもこっちに運が巡ってきたら、ロクシンがアジトに帰るのを見届けて、フィリピン国家警察特殊部隊を呼んで逮捕させてもいい」

まるでロクシンがそれを聞いていたかのようだった。スクリーンに映っていた大きな建物が激しい爆発に呑み込まれ、敷地内のあとの建物もすべてたてつづけに爆発した。数秒後には、燃えている大きな建材のほかには、なにも残っていなかった。こういう事態に備えて、ロクシンが爆薬を仕掛けていたにちがいない。

カブリーヨは、エディーを横目で見た。「こっちに運が巡ってきたといわなかったか？」

「もしも、といったんですよ」

バスが近づいてきて、道路をふさいでいる土砂崩れと、ヘリコプターの残骸から昇っている煙を見て、速度を落とした。

カブリーヨはバスのほうにうなずいてみせた。好奇心をそそられた乗客が、つぎつぎとおりてきた。「答えにくい質問をされないうちに、ここから逃げ出そう」

エディーは、ゆっくりとPIGの向きを変えて、残っている後輪のタイヤがそれ以上傷まないように、そろそろと走らせた。ヘリコプターの残骸から遠く離れてから、タイヤの状態を調べるつもりだった。

カブリーヨが座席でふりかえると、レイヴンがオカンポの腕に包帯を巻いていた。ベスとあとの乗客は、戦闘のショックで呆然としていた。

「傷は?」カブリーヨはきいた。

「痛むけどたいしたことはない」レイヴンが答えた。「病院で縫わないといけないけど、マニラに戻ってからでだいじょうぶよ」

「わたしはだいじょうぶだ」オカンポが、疲れ切ったか細い声でいった。「あとのみんなが、怪我がなくてよかった。救い出してくれてありがとう」

「手を貸せてよかった、オカンポ博士」カブリーヨはいった。「さて、マニラまでは長い道のりだし、時間はたっぷりとある。傷の手当てが済んだら、一部始終を話してくれないか」

22

タイ

ただちに電話してくれ！

アリステア・リンチは、インターポール・バンコク支局で仕事を終えて家に帰る途中だった。混雑した道路でメルセデスCクラスのハンドルを操りながら、まごついてそのメールを見た。市外局番には見憶えがあったが、発信者は電話帳に登録されていなかった。そのとき、その番号が自分のスマートフォンに保存されていない理由に気づき、みぞおちが冷たくなった。バンコク警察本部の潜入工作員《モグラ》からの連絡だ。

ふだんは追跡できないインターネットのメール・アプリを使う。この電話番号に連絡するのは、緊急事態だけにしろと、リンチはモグラに命じてあった。

リンチは緊急事態が大嫌いだった。退屈な日常のほうがずっといい。ロンドンの大学で統計学を学んだイギリス人のリンチは、インターポールに就職し、麻薬密売ネットワークのルートと組織を分析するために、バンコク支局に配属された。常ひごろはエアコンの効いたオフィスで、麻薬取り引きに関するデータを仔細に調べ、東南アジアにいる独身男性にしては、おおむねまじめな暮らしをしている。リンチがインターポールにはいったのは、闇の世界を打倒するためだった。ところが、数カ月前にリンチの人生は、その闇の世界に向かって大きく曲がりはじめた。

発信者の番号をクリックすると、最初の呼び出し音で相手が出た。

モグラは警察本部の証拠品保管庫の職員だった。あわてているせいでわかりづらい英語でささやいた。「どうして錠剤を取りにこさせたんだ?」

「いったいなんの話だ?」リンチは答えた。

「インターポールが取りにきて、持ってった。あんた、おれに知らせなかった」

動悸が激しくなり、リンチはシートで背すじをのばした。〈大ミミズ《ナイトクローラーズ》〉の銃撃戦のあとで押収されたタイフーンの錠剤は、いまも証拠品保管庫にあるはずだった。リンチは、もとから警察本部へ行く予定があるあしたに回収する予定だった。そうすれば、理由をこじつける必要がない。錠剤がなくなっても疑われるおそれがない。

その錠剤がすでに持ち去られたと、モグラはいっている。錠剤が紛失したら、ロクシンにどんな目に遭わされるか、わかったものではない。

「インターポールのだれにも、保管するよう命じてはいない！」リンチはどなった。もともとは理性的で落ち着いた性分だったのが、タイフーンを服用するようになってから、突然、抑えの利かない激しい怒りを爆発させるようになった。最近は、同僚にもそれを指摘されている。

「正式な書類を持っていたんだ」モグラが、ブロークンな英語でいった。「どうすりゃよかったんだ？」

「だれが持っていった？」

「フランスのインターポール本部から来たといっていたが、フランス人じゃなかった。バクスターという名前だ。大男の白人で、濃い茶色の髪、口髭、高級なグレーのスーツ」

インターポールにバクスターという男がいるかどうか、リンチは必死で考えたが、思い当たらなかった。この事件を担当する人間がフランスから来るのを、知らされていなかったにちがいない。

「いつの話だ？」

「たったいま、そいつがサインしたばかりだ」

「まだそこにいるのか?」

「すぐに出ていくだろう」

リンチにとってはさいわいだった。いくつかの明白な理由から、インターポール支局はバンコク警察本部と数ブロックしか離れていない。リンチは道路のまんなかで急ハンドルを切って、来た道をひきかえした。ふだんからやかましい街の騒音に、何台ものクラクションの音がくわわった。

一分後、タイ王国警察の大規模な本部が置かれている広壮な建物に着いた。リンチが知らないインターポール職員は、メイン・エントランスからはいった可能性が高いので、リンチは身分証明書をゲートの警衛に見せた。

ゲートを抜けたとき、建物から黒っぽい髪の男が出てきた。バクスターにちがいない。きびきびとした足どりで、兵士のように警戒怠りなく歩いていた。インターポールの職員はたいがいが役人かアナリストだが、そういう感じではない。バクスターが、待っていたジャガーXJRのセダンのほうへ大股に近づき、乗り込んだ。ドアが閉まると同時に、ジャガーが走り出した。

リンチは、バクスターを見失うわけにはいかなかった。インターポールの人間でないことは明らかだ。事件を担当する立場の人間はリンチしかいなかったし、支援か担当するために地球を半周してだれかが来るのであれば、あらかじめ知らされていたはずだ。

つまり、バクスターは詐称している。しかも、インターポール職員だと詐称しても通用する能力がある。だが、どうしてバクスターはタイフーンの錠剤一錠を手に入れたかったのか?

リンチはほんの一瞬、ロクシンに電話して応援を頼もうかと思ったが、浅はかな考えだとすぐに気づいた。無能にも錠剤を確保できなかったのを、生殺与奪《せいさつよだつ》を握られているロクシンに知らせるくらい愚かなことはない。

リンチは一年前に、乗っていたトゥクトゥクがタクシーと衝突したときに、背骨を痛めた。脊椎《せきつい》の手術で麻痺はなくなったが、すさまじい痛みが残った。医師は鎮痛剤を徐々に減らそうとしたが、痛みは消えなかった。すぐに現地の薬局で手にはいる薬物では効かなくなった。さいわい、リンチは麻薬密売業者を探す方法を知っていた。

最初はオキシーコンティンのようなアヘン剤を使っていたが、その鎮痛剤では仕事に集中することができなかった。カフェインは役に立たないので、メタンフェタミンで活気を取り戻そうとした。

そこへサルバドール・ロクシンが登場した。リンチに薬物を供給していたのは、ロクシンの配下だった。ロクシンは、これまでになかったような新しい麻薬があり、リンチの抱えている問題をそれですべて解決できると断言した。ロクシンは、それをタイフーンと呼んでいて、二週間分をただでリンチにあたえた。

リンチは疑ってかかったが、そのままでは破滅するとわかっていたので、錠剤を受け取った。

リンチは奇跡を信じないが、タイフーンには奇跡という言葉がふさわしかった。二日とたたないうちに、背中の痛みが完全に消えた。それどころか、こんなに調子がいいのは、生まれてはじめてだった。それだけではなく、たった数日で、痩せた体に筋肉がつきはじめた。ただ食べればいいだけなので、相撲取りよりも大量の麺をリンチはむさぼり食った。

二週間分の錠剤がなくなったときには、オリンピックの選手のような気分で、ロクシンにもっとくれと哀願した。金はいくらでも払う。現金が得られるような計画は、すでに練ってあった。

だが、ロクシンの目当ては金ではなかった。リンチに忠誠を誓うことを求めた。インターポールの内通者になれというのだ。

リンチは、最初はしぶった。ロクシンは肩をすくめて、「そうか」といっただけだった。脅しはなく、いかなるたぐいの押しつけもなかった。

しかし、リンチは今後、タイフーンをもらえなくなる。気が変わったときのために、ロクシンに連絡する方法を教えられた。

たった二日後に、ロクシンに急所を握られたと気づいた。背中の痛みは苦しかったが、タイフーンが切れて味わった禁断症状に比べれば、物の数ではなかった。吐き気で体が衰弱し、食べ物もほとんど受け付けなくなった。大量の汗をかき、想像を絶する激しい頭痛を味わった。だが、いちばんひどかったのは、発達した筋肉がしぼむときの苦痛だった。筋肉がひきつって、虎の鋭い爪《つめ》で切り裂かれているような心地がした。

ロクシンに電話したときには、リンチは苦しみのあまり泣きながらタイフーンがほしいと哀願した。

そのあとは、ロクシンに命じられたことを、ためらいなくやった。そして、最近の仕事は、麻薬密売業者の銃撃戦後に押収されたタイフーンの錠剤が、科学分析を受けないようにすることだった。捜査中の事件は多いから、検査にまわされる前に取り戻せるだろうと、リンチは高《たか》をくくっていた。

ところが、何者かに先を越された。ロクシンにばれたら、二度とタイフーンをもらえなくなる。一週間分の錠剤が、あす切れる。つぎの分を受け取る場所に、手ぶらで行くことはできない。

リンチは、ジャガーを視界に捉えつつ、あまり近づかないようにしていた。リンチは熟練の工作員ではないが、ウエイトリフティングとムエタイ・キックボクシングのレッスンを受けはじめたところだった。とはいえ、格闘技を使う必要はないはずだった。フロントシートの下にグロック・セミオートマティック・ピストルを隠してある。

リンチの計画は単純だった。好都合な場所でジャガーがとまったら、運転手とインターポール職員を騙っている男を撃ち殺し、錠剤を取り戻す。ひと気のない場所へ行くまで待ちたかったが、バンコクのような混雑した街では、それが望めないかもしれない。しかし、タイフーンの禁断症状をもう一度味わうくらいなら、目撃者がいる危険も冒すつもりだった。

ジャガーが空港方面という標識があるつぎの角を曲がったとき、計画を考え直さなければならないかもしれないと、リンチは思った。空港で撃ち殺すのは、自殺行為だ。だが、一・五キロメートルほど走ったところで、リンチはほっとして溜息をついた。ジャガーが幹線道路からそれて、バンコクで最大の緑地ラーマ九世公園の駐車場にはいった。ターゲットが公園でだれかと落ち合うようなら、ひと気のない場所へ行くのを待ち、だれにも見られずに始末できる。

リンチは、ジャガーと三〇メートルほど距離を置いて、駐車スペースに入れた。バクスターと運転手がジャガーから出てきて、公園のほうへ歩きはじめた。ふたりともリンチの方角には目もくれなかった。

リンチは、シートの下に手を入れて、ホルスターごとセミオートマティック・ピストルを出した。ベルトに付け、車をおりた。

三メートルほど歩いたところで、後部にウィンドウのない白いバンが急ブレーキをかけて、そばでとまった。サイドドアがあいて、黒いマスクをつけた男四人が自動火器を見せつけながら跳びおりた。

ひとりが銃でリンチの頭を殴った。タイフーンのおかげで頭をなでられたぐらいにしか感じなかった。リンチはその男のみぞおちを蹴り、男が倒れた。リンチは拳銃を抜こうとしたが、切迫した状況で抜くのに慣れていなかった。リンチが拳銃を完全に抜く前に、あとの三人が体当たりして、手から拳銃をはじき飛ばした。

リンチは獰猛《どうもう》に反撃して、もうひとりの頭を思い切り殴ったが、相手は熟練した戦闘員だったし、リンチは素人だった。リンチは地面に押し倒され、うしろで手錠をかけられた。バンの後部にリンチが投げ込まれると、バクスターとジャガーの運転手が乗り込み、ドアを閉めた。

バンがタイヤを鳴らして発進した。

口髭を生やした男が、リンチのジャケットのポケットに手を入れ、財布と薄い金属ケースを出した。

「いろいろな格闘技を使う戦士が何者なのか、知りたいものだ」男が、かすかなオランダ訛りの英語でいった。財布をひらいて身分証明書を見ると、片方の眉をあげた。

「アリステア・リンチ。どうやらインターポールの駐在員を捕まえたようだ、諸君」

つぎに、金属ケースをあけた。中身を見ると、今度は両眉をあげた。

見境のないパニックを起こしたリンチが、身を起こしてわめいた。「おれのものだ！」

マスクをかけた男ふたりがリンチを押し戻した。リンチはなおももがいたが、身動きできなかった。

おもしろがるような表情で、黒っぽい髪の男が自分のジャケットのポケットに手を入れ、タイ警察の小さな証拠品封筒を出した。男がいった。「おれはゲアハート・ブレッカーだ、リンチさん。おれたちを跟《つ》けていた理由と、どうしてこれをポケットに入れていたのかを、教えてもらおうか」

ブレッカーが封筒の中身を出して、警察本部から持ってきたタイフーンの錠剤を見せた。それから、リンチのポケットにはいっていた金属ケースの蓋をあけ、なかにはいっていた錠剤を、封筒にはいっていた錠剤とならべて持ちあげて見せた。

どちらの錠剤にも、おなじ台風の渦巻き模様が描かれていた。

23

ＰＩＧのタイヤを新しいものに交換すると、カブリーヨはエディーとともに運転台に戻り、速度をあげてマニラを目指した。体をまわしてうしろを見ると、メル・オカンポが疲れと好奇心の入り混じった目で見ていた。白衣の袖が切り取られ、レイヴンが慣れた手つきで巻いた白い包帯が見えていた。あとの化学者四人は、戦闘のショックからまだ醒《さ》めていないように見え、ベスに渡されたペットボトルの水を飲み、サンドイッチを食べていた。みんな無言で口を動かしていた。

「わたしたちを助けてくれてありがとう」オカンポがいった。

「ちょうどいいタイミングで、たまたまあそこにいただけだ」カブリーヨは答えた。

「じっさい、あなたがたがいなかったら、逃げ出そうとすることすらできなかったかもしれません」

カブリーヨは、納得してうなずいた。「ハンヴィーが私たちを追って、出ていったから、その隙に逃げ出したんだね」

「注意がそらされるようなことが起きるのを待っていたんです。あなたがたが、それをやってくれた」

「手投げ弾は?」運転席からエディーがきいた。

「研究室の化学薬品でこしらえたの」化学者のひとり、マリア・サントスが答えた。

「メルが一週間以上前に作らせたのよ。爆発してよかった。テストする機会がなかったから」

「そもそも、どうしてあそこにいたの?」レイヴンがきいた。

「ロクシンに連れてこられたんです」オカンポが答えた。「製薬会社の秘密研究を手伝うのかと思っていました。監禁されたので、悪辣《あくらつ》な目的があるのだと、わたしたちはすぐに気づきました」

マリアがうなずいた。「あいつは邪悪な男よ」

「研究のほんとうの目的は、なんだったのかな?」カブリーヨはきいた。

「ある薬物を複製するようにといわれました」オカンポがいった。「小さな白い錠剤で、タイフーンと呼ばれ、台風の渦巻き模様が表面に描かれています」

カブリーヨは、ロクシンの施設はハイテク麻薬工場だろうと思っていた。「タイフーンというのは聞いたことがない。麻薬の末端での通称かな？」

オカンポが首をふった。「そういうものではありません。わたしたちが集められたあとで、全員がステロイド開発の専門家だとわかりました」

胸に二カ所の射創があるのにピンピンしていた警備兵を、カブリーヨは思い出した。

「ロクシンの配下は、タイフーンを使っているんだな？」

オカンポがうなずいた。「ステロイドの長期使用の徴候が、かなり表われていました。大幅な筋肉増加、頭髪の減少、ひとによってはひどいニキビができる。そして、激しい気分の変化。ロクシンは、いま愛想がいいと思ったら、つぎの瞬間には激怒して殴りかかります」

「いままで見たことがないような副作用もあります」マリアがいった。「体臭がひどいの。鼻を刺激するニンニクの臭いが、毛穴から発散されるんです。すぐそばに立っていたら耐えられないくらい」

「筋肉増強のほかに、驚くべき効能もあるんだ、マリア。切り傷を負った警備兵の話を聞かせてあげるといい」

その記憶を呼び戻すあいだ、マリアの顔にひどくとまどった表情が浮かんだ。「あんな奇妙なことはないわ。警備兵のひとりが研究室に機器の木箱を運び込むときに、突き出していた釘で切ったの。血が出ているところを私が指差すまで、気づいた様子もなかった。腕の大きな切り傷を見て、首をふり、かすり傷だとでもいうようにタオルで拭いた。でも、縫わなければならないくらい深い傷だというのを、わたしは見たの」

「でも、あっというまに出血がとまったんだね」カブリーヨはいった。

マリアが、ポカンと口をあけてカブリーヨを見た。「どうして知ってるの?」

「ベスの喉にナイフを突きつけたやつは、わたしに撃たれた傷から大量に出血していて当然だった。それなのに、戦闘服にはほとんど血がついていなかった」

「おっしゃるとおりです」オカンポがいった。「でも、それだけではありません。あの切り傷はわたしも見ました。長さが八センチ以上あった。翌日に見たら、薄い跡が残っているだけで、完全に治っていました。二日後には、傷ついたことすらわからなかった」

「それじゃ、あの連中は、おや、怪我をしたねってしゃべっているあいだに、傷が治ってしまうのか?」

「そんなに速くはないです」オカンポがいった。「傷口そのものが、一瞬でふさがるわけではありません。でも、タイフーンは人体の自然な治癒《ちゆ》能力を、驚異的に高めるようです」

「どうしてそんなことが可能なんだろう?」カブリーヨはきいた。

「それはわたしも知りたいことです。陸生の脊椎動物がそういう進化した治癒能力を備えているというのは、聞いたことがありません。イルカはサメに襲われて深い傷を負っても、あまり痛みを感じず、感染症を起こさず、ちぎれた肉は数週間で完全に快復します。幹細胞かタンパク質がそういう急な快復を促しているのかどうかは、まだわかっていませんが、タイフーンは人体のおなじような仕組みを作動させるのかもしれません」

「問題は、べつの副作用が効能を打ち消してしまうほど悪質だということです」マリアがいった。「わたしは気づいたんですが、警備兵が怒りを爆発させることが、何週間か前から頻繁になり、暴力的になっていました。警備兵同士で喧嘩《けんか》することもあります。わたしたちには手を出すなと、ロクシンからじかに命じられていなかったら、おなじように攻撃されていたはずです」

「中毒性もあるかもしれません」オカンポがつけくわえた。「効果が強いということは、急に服用をやめたときの禁断症状も激しいでしょう」

「ロクシンがこの薬物をすでに保有してるとしたら」レイヴンがいった。「大量に製造する方法を見つけようとしてる理由は？」

「備蓄が限られた数だから、もっと増やしたいと思っているような感じでした。処方を解読するのに三カ月かかると、わたしがロクシンにいったら、逆上して、二カ月でやれと要求されました」

「三カ月でも無理なのに」マリアがいった。

「どうして？」カブリーヨはきいた。

「処方そのものなしで、成分を割り出すのは無理だから。タイフーンのおもな材料は有機化合物で、おそらく植物が使われていると思われるの。どういう植物から化合したのかがわかれば――いまはわかっていない――数週間で製造を開始できるかもしれないけど」

「それで、ロクシンはそもそもタイフーンをどこで手に入れたんだろう？」

「わかりません。年代を突き止めるために、サンプル一錠を放射分析しました。放射性崩壊の形跡がなかったので、核兵器が使用される前に製造されたのだとわかりました。最初の原子爆弾が爆発したあとは、すべての有機化合物に放射能の痕跡が残るようになったんですよ」

レイヴンが身を乗り出した。カブリーヨはレイヴンと知り合ってから間もないが、驚きを顔に出すのをはじめて見た。「この錠剤が一九四五年よりも前のものだということね？」

「そうです。つまり、錠剤が開発されたのは、第二次世界大戦中か戦前です」オカンポがいった。「七十年以上たっても変質していなかったから、よほど保存状態がよかったにちがいない。おそらく真空包装されていたのでしょう。それに、ロクシンはほかにもないかどうか、探しています。わたしたちの研究が失敗しても、予備の計画があると、脅迫していましたから」

「どこで探しているかを、ロクシンは打ち明けはしなかっただろうね」カブリーヨはいった。

「大きな×印が描いてある地図があれば、もっと助かるんだけどね」エディーがいった。

オカンポが、口もとをほころばせた。「どうして？　あの男を追うつもりですか？」

カブリーヨはうなずいた。「それがわたしたちの最大のクライアントの利益になりそうなんだ」連絡できるようになったらすぐに、ＣＩＡのラングストン・オーヴァーホルトに電話して、状況を説明するつもりだった。オーヴァーホルトがロクシンを追うようにと指示するはずだと、カブリーヨは確信していた。

「クライアント？　何者ですか？」

「知っていることがすくないほうが、あなたがたのためだと思う」

オカンポの目が鋭くなり、カブリーヨを見つめた。「感謝していないと思われるのは心外ですが、あなたがたはどういうひとたちなんですか？」

それまでカブリーヨはずっと、ファーストネームしか使っていなかった。自分たちの正体を明かせば、オカンポや化学者たちがフィリピンの官憲に事情を聞かれたときに、不都合な質問をされるおそれがある。

「兵士を超人にする〈魔薬〉が狂信的な共産主義者の手に渡るのを望まない勢力の味方だ、ということだけいっておこう」

オカンポが、カブリーヨの顔をじっと見てから、仲間の化学者それぞれに目を向けた。化学者たちが、無言でうなずき、オカンポを見返した。

「わかりました」オカンポは、カブリーヨのほうを向いた。「わたしたちのために命を懸けてくださったのだから、あなたがたを信頼しなければいけませんね。ほかにも役立ちそうな情報があります」

「ロクシンが薬を探していることについて？」

「直接の関係はありません。それについては、フィリピンのどこかの小島で、ロクシンが発掘をやっていることしか知りません。フィリピンには百種類くらいの言語があるので、警備兵は、自分たちの話していることがわたしにはわからないだろうと思っていました。でも、母親がたまたまその連中とおなじ地方の出身だったので、いくらかはわかりました。あすの夜に、中国から貨物が届くはずだといっているのを聞きました」

「なんの貨物?」エディーがきいた。

「それはいいませんでした。でも、〈マゼラン・サン〉という貨物船が運んでくるそうです。発掘の機械類を運んできたのとおなじ船です。ネグロス島の西沿岸で落ち合わせる予定だと、警備兵がいっていました。フィリピン沿岸警備隊に臨検してもらってもいい」

「それも一計だな」カブリーヨはいった。海上で停船を命じるよう外国の沿岸警備隊を説得するよりも、オレゴン号を使うほうが好都合だが、そういう船があることを打ち明けられるはずがない。

それまで無言で見守っていたベスが、口をひらいた。「おかしな質問だと思われるかもしれないけれど、監禁されているあいだ、あなたたちはなにか美術品のようなものを見なかった?」

オカンポが、まごついた表情になった。「どんな美術品？」

「絵とか」

オカンポが、ゆっくりと首をふった。ベスは期待をこめて、あとの化学者のほうを見たが、だれも見たことがなかった。

「わたしたちをどうするの？」マリアがきいた。「ロクシンに見つかったら、みんな殺される」

話し合っているあいだに、カブリーヨはずっとそのことを考えていた。オカンポと化学者たちを病院でおろしたら、ロクシンたちにいどころを突き止められ、官憲に話をできないように口を封じられるだろう。

オカンポがいま教えてくれた情報の見返りに、オーヴァーホルトを説得し、ロクシンを捕らえるか殺すまで、ＣＩＡの隠れ家《が》にかくまってもらおうと、カブリーヨは決断した。そうすれば、あとで役立つような情報がさらに得られるかもしれない。

「ロクシンがなにをたくらんでいるのかを突き止めるまで、安全な場所にいてもらってもいい。それに、その腕を縫える友だちもいる」オレゴン号の医務長のジュリア・ハックスリーに来てもらい、オカンポの傷を手当てさせてから、全員を隠れ家に連れていけばいい。

マニラに到着するまであと数時間かかるし、到着したらただちに出発したいと、カブリーヨは思っていた。マックスにメールを送り、オレゴン号の出帆準備をするとともに、〈マゼラン・サン〉について検索し、できるだけ情報を集めておくよう、マーフィーとエリックに指示してほしいと伝えた。

24

タイ

　ゲアハート・ブレッカーは、アリステア・リンチの態度の変化に興味をそそられた。リンチは、床にボルトで固定した金属製の椅子に手錠でくくりつけられていた。アメリカ人が〝強化訊問テクニック〟と呼びたがるものを夜通し受けて、顔に水を注がれ、電気ショックをかけられても、リンチは哀れっぽい声を発することがなかった。だが、夜が明けて、辺鄙なところにある小屋の汚れた窓から朝陽が射し込むようになると、リンチはブレッカーが顔の前でふっている小さな白い錠剤をずっと見ていた。インターポール駐在員であることがばれたイギリス人のリンチは咆《ほ》えたり、悲鳴をあげたりしていた。タイフーンをあたえられないことが、最悪の拷問であるかのようだった。

「頼む！」リンチが、口から泡を吹いて、ブレッカーに向けてわめいた。「朝の分を飲まなきゃならないんだ！」

ブレッカーは、さも愉快そうな笑みを浮かべて、配下の男たちを見た。南アフリカ国防軍にいたころは、ともに除隊して彼の民間軍事会社に参加したあとの五人とおなじように、暴力的なふるまいや奇妙な行動をさんざん見てきた。ブレッカーのそばの五人はすべて南アフリカ生まれの同国人――アパルトヘイトの輝かしい日々を若いころから満喫していた同胞――で、治安活動に従事し、アフリカ各地で反乱勢力と戦ってきたが、薬物を一回分あたえられないだけで息つく間もなくしゃべるような人間は、見たことがなかった。

ブレッカーは、リンチの顔と数センチしか離れていないところまで、顔を近づけた。

「どうしてそんなにほしがるんだ？」そっと歌うようなアフリカーンス訛りで、ブレッカーは静かにきいた。どなりつけるのは、ブレッカーの流儀ではなかった。捕虜に対しても自分に対しても、厳しい抑制が好結果を生むことを知っていた。

「おれの薬だ！」リンチがわめいた。「おれからそれを奪う権利はない！」

「こっちに権利があるかどうかはどうでもいい。それに、おまえはおれが聞きたい情報をまだしゃべっていない」

「いっただろう！　その薬の出所は知らない！」

ブレッカーは立ちあがり、顔をハンカチで拭いてから、リンチの向かいの古ぼけた木のベンチに腰掛けた。口髭をしごいてから、しばし目を閉じた。この薄汚い小屋は辺鄙なところにあるから、いくら悲鳴をあげても注意を惹くおそれはないが、うんざりしていた。ブレッカーは寝ていなかったし、リンチの甲高い叫びで頭が痛くなってきた。

「いいかげんにわめくのをやめろ」ブレッカーは、リンチを睨みつけた。「わめけばわめくほど、これをもらうのが遅くなるぞ」

リンチが必死になっているのは明らかだったが、それでもどうにか声を低めた。

「悪かった。悪かった。薬をくれれば、なんでも知りたいことを話す」

「話すとは思えない。また口を閉ざすだけだろう」

「そんなことはない！」リンチが叫び、また静かになった。「話す。約束する」

「おまえはこれをどこかで手に入れた」ブレッカーはいった。「フィリピンのギャングだとわかっているが、どこを探せばいいのか、なんの手がかりもない。おまえはなにか知っているにちがいない。なにも知らないのに、おれたちを尾行するはずがない。さあ、知っていることをいえ」

リンチが、ブレッカーと錠剤を交互にちらりと見た。どういうわけか、リンチはまだ口を割らない。ブレッカーは、そういう状態を何度も見たことがあった。リンチは、だれかを怖がっている。そのだれかが、いま自分を捕らえている人間よりも、もっとひどい目に遭わせると思っているのだ。

ちょっと刺激をあたえればいいだけだ。

ブレッカーはもう一錠の錠剤を出して、二錠とも床に置いた。ブーツをはいた足を動かし、踵《かかと》が錠剤の真上になるようにした。ゆっくりと踵を下げ、錠剤をつぶして粉みじんにするつもりだというのを示した。

「やめろ！」リンチが、泣き叫んだ。

「おまえが知っているはずの情報を教えろ」ブレッカーは、なおも踵を下げた。

ブーツのラバーソールが錠剤に触れる寸前まで、リンチは恐怖に目を血走らせ、じっと見ていた。「わかった！　わかった！　教える！」

ブレッカーが動きをとめたが、錠剤に乗せたブーツはひっこめなかった。本気で貴重な薬を踏みつぶすだろうと、リンチは確信した。それが金鉱を掘り当てる可能性を台無しにするおそれがあるのを知らないからだ。

「聞こう」

「その男の名前はロクシン。サルバドール・ロクシン」

ベッカーは、副長のアルトゥス・ファン・デア・ヴァールのほうを、ちらりと見た。小柄だががっしりした体格の元コマンドウのデア・ヴァールが、ちょっと考えてからいった。「南方の島の共産主義者反政府勢力だ。どういう財源を持っているのかは、よくわかっていない」世界各地の紛争地帯の情報を集めるのが、デア・ヴァールの担当だった。そういう地域で、軍事会社の需要が高いとわかっているからだ。

「薬はどういうふうに届けられる？」

「バンコクのどこかの投函所《デッド・ドロップ》だ。毎週、場所が変わる」

「これがおまえの最後の一錠だな？　だとすると、あす受け取るはずだな」

リンチが、すかさずうなずいた。

「どうしてロクシンはこの錠剤をそんなにほしがっているんだ？」

「わからない。なんでも教えられるわけじゃない」

「だが、おまえはインターポールの人間だ」ブレッカーはいった。「なみの客よりも、ずっといろいろなことを知っているはずだ」

「だれかに奪われたくなかったんだと思う」リンチはいった。

「理由がわかったような気がする」ブレッカーは、リンチの身分証明書を出した。撮ってから三カ月もたっていないとおぼしい写真を見た。写真のリンチは首が細く、肩幅も狭かった。ブレッカーが視線をあげると、こけた頬と割れた顎に変わりはなかったが、リンチの首は、いまではプロのボディビルダーのように筋肉が台形に盛りあがっていた。

「最近、だいぶ筋トレにはげんでいるのか？」ブレッカーはきいた。

リンチが、肩をすくめた。「そんなところだ」

「それとも、このタイフーンで、ちょっと力がついたんじゃないのか？」

リンチがつかのま目をそらしてから、床の錠剤を見た。「それが役に立ってる」

「そうだろうな。おまえはサルバドール・ロクシンのためになにをやっているんだ？　輸送中の麻薬が官憲の阻止行動《インターセプト》に遭いそうなときに警告するのに、おまえは格好の部門にいるようだな」

ブレッカーのブーツは、まだひっこめられていなかった。

「ああ、あんたのいうとおりだ」リンチが、口をふるわせて答えた。「ロクシンは内部の人間がほしかったんだ。おれは警察のデータベースにアクセスできるし、東南アジア中の大規模な作戦について知ることができる」

「投函所に薬を届けるやつも、たいしたことは知っていないだろうな。そいつを捕らえても仕方がない」

リンチの顔を涙が流れ落ちた。「おれはなにをいえばいいんだ？」

「おまえが役に立つことをいうまでは」ブレッカーは、錠剤を拾いあげた。「これは預かっておく」

「わかった！　わかった！」リンチが甲高く叫んだ。「ロクシンの貨物のことを知ってる。どこから来るかを」

「どこだ？」

「マニラ」

「マニラは大都市だ。もっとましなことをいえ」

「埠頭近くの倉庫だ。船に積む前にブツをそこに保管する」

「船の名は？」

「〈マゼラン・サン〉。チャーターした船が押収されたあと、自分の船を持つほうがいいと、ロクシンは考えたんだ」

「どこへ行けばその船が見つかるか、知っているのか？」

リンチが、首をふってから、あわててしゃべった。「でも、倉庫の場所はわかる。住所を教える」リンチがいった住所を、デア・ヴァールがスマートフォンに入力した。

「さあ、お願いだ。頼む、薬をくれ」

ブレッカーは、リンチの顔をじっと見たが、嘘をついているようすはなかった。

「その前に電話をかける。おまえの話をたしかめるためだ」

ブレッカーは錠剤をポケットに入れて、表に出た。うしろでリンチが、行かないでくれとわめいていた。

その小屋は、水に没した広い水田のまんなかにあり、動かない水面から朝陽が反射していた。ブレッカーのまわりで霧が立ち昇り、一・五キロメートル離れたもっとも近い建物——おなじような小屋——がよく見えなかった。ブレッカーはスマートフォンを出して、現在の雇い主に電話をかけた。

二度目の呼び出し音で、グレグ・ポルトンが出た。「いまLAにいて、バンコク行きの便にのるところだ。なにか情報をつかんだのか?」

「飛行計画《フライト・プラン》を変えたほうがいいかもしれない。捕まえたときに持っていたタイフーンを取りあげたら、リンチが口を割った。あんたが予想したとおりだ。この薬にどういう効き目があるのか、そろそろおれたちに教えてもいいんじゃないか」

「あんたらには関係ない」ポルトンがいった。高飛車な態度が、電話の声からもわかった。「その錠剤を回収し、できればもっと大量に見つけるために、金を払っているんだ。それだけだ」

ポルトンの口ぶりから、契約書に書かれていない重要な事柄を隠しているのだと、ブレッカーは確信した。

「わかった」ブレッカーは口ではそういった。

「で、もっと大量に見つけられるのか？」

「ああ、見つけられると思う。つぎはマニラへ行く」

「よし。そこで落ち合おう」

「来るのか？」

「ああ」ポルトンはいった。「ことを進める前に、そっちが手に入れた薬をテストする必要がある。本物だというのを確認するためだ」

リンチの行動を見たブレッカーは、本物だというのを疑っていなかった。

「で、リンチは？」ブレッカーはきいた。「どうする？　片づけるか？」

「いや。連れてこい」

「いっしょに？　どうして？」リンチを連れていくのには秘密保全の面でリスクがあるが、薬を目の前でちらつかせれば、なんでもいわれたとおりにするだろうと、ブレッカーは思った。

「禁断症状をじかに見たい。薬の分析に役立つデータが数多く得られる」

「移動には金がかかる」

「費用は払う」ポルトンがいった。

「いいだろう」ブレッカーはいった。「こっちにはいつ到着する？」

「つぎのマニラ行きに乗る。今夜には同僚といっしょに到着する」

「金を出すのはそっちだから、仰せのとおりにしよう。現地で会おう」

ブレッカーは電話を切り、小屋のなかに戻った。

「一般便は使えない、諸君」ブレッカーは告げた。「リンチさんを連れていくために、チャーターする」

「タイフーンを飲ませてくれるんだろう？」リンチが哀願した。

「マニラに着いて、倉庫についてのおまえの話を確認してからだ。ブツがそこにあるのなら、手を貸したほうびにいくらでもやる」

リンチはまだかなり動揺していたが、タイフーンを大量にもらえると思い、おとなしくなった。もう二度と飲ませてもらえないと知ったら、リンチがパニックを起こして暴れ出すにちがいないと、ブレッカーは見抜いていた。

ブレッカーがこの稼業で優秀なのは、そういう人間だからだった。ものに動じない態度は、いまのような成果をもたらすだけではなく、嘘をつく名人の特質でもある。

25

フィリピン

ベイロン・ファイア社は、アジア最大の消防車と消火装備のメーカーで、インドから韓国に至る十数カ国で製品を販売している。そのために、工場およびテスト施設と隣り合っているマニラの埠頭に、船荷用の巨大な倉庫を所有している。施設にはビル火災や飛行機墜落など、あらゆることをシミュレートできる実験場があり、消防車の性能試験が行なわれている。

発注した国の仕様に応じて深紅《しんく》や黄色に塗装された、ポンプ車、梯子車《はしご》、八輪の空港用超大型消防車など、ありとあらゆる種類の消防車数十台が、ビルを取り囲んでいた。

ロクシンは指名手配容疑者なので、マニラを通るときにはサングラスをかけ、帽子をかぶって顔を隠す。だが、命令して人払いをした倉庫にはいれば、もうなんの心配もなかった。ロクシンは数カ月前に、フィットネス好きのベイロン・ファイア社の経営者を、タイフーン中毒にして忠誠を強めさせた。早朝のこんな時間に倉庫を無人にするよう命じるのは、いとも簡単だった。

ロクシンが見ていると、部下の一団がタガーンの指示で、木箱から煉瓦大の白い包みをつぎつぎと出し、深紅の消防車の上に手渡しで運んでいた。消防車のてっぺんの男は、ふつうなら一万リットル以上の水を貯めているはずの水槽の開口部から、包みを落とし込んでいた。

「あとどれくらいかかる?」ロクシンは、タガーンにきいた。早く発掘現場に戻りたくて、いらいらしていた。

タガーンが、木箱の載っているパレットを見た。「あと三百個ほどだ」

秘密研究所を破壊しなければならなかったので、この麻薬輸送がいっそう重要になり、ロクシンは積み込みをみずから監督しなければならないと思った。タイフーンを探すための活動が大規模になり、手持ちの現金が減っていた。消防車に積み込まれているメタンフェタミンは、末端価格五千万ドルに相当する。

「よし」ロクシンはいった。「ここの作業が終わったら、あすの晩に〈マゼラン・サン〉に消防車を積み込むと、リンチに知らせろ。ジャカルタに届けたらすぐに、代金をこっちに送金させたい」

「了解、同志」

海洋エンジニアの教育を受けているタガーンが、この密輸方法を思いついた。包みは防水で、しかも水に浮く。税関の検査官も、消防車の密閉された水槽のなかを調べようとは思わないはずだった。消防車が目的地に到着し、入管手続きが終わったら、顧客に引き渡せるように、秘密施設で注水する。包みは浮きあがってくるので、壁の内側のケーブルを引き出すのに使うのとおなじ、爪が四つついている柔軟なマジックハンドで引き出せばいいだけだった。

タガーンがまだ生き延びているのは、そういう工夫の才があるからにほかならなかった。マニラまで高機動多目的装輪車《ハンヴィー》で戻る旅は長く、みじめだった。ロクシンは、ベス・アンダーズとその仲間に追跡されたことについて、もっとも信頼できる同志のタガーンを、片時も休まずにどなりつけていた。極秘施設に突然彼らが現われたのは、タガーンがあとを跟《つ》けられたからにちがいなかった。

ネグロス島はまだ襲撃されていないが、念のため、高度の警戒態勢をとるよう、ロクシンは配下に命じていた。

それだけではすまない。所在がばれた理由を突き止めるまで、今後はどの作戦も厳重に管理し、防護しなければならない。今夜〈マゼラン・サン〉からおろす装備は、ロクシンたちの計画にとってきわめて重要だった。作業中の重要な発掘があるので、ロクシンは立ち会えないが、タガーンを使うつもりだった。

「おまえはきょう飛行機でネグロス島へ行け」ロクシンはいった。「〈マゼラン・サン〉からの荷おろしを指揮しろ」

「しかし、発掘は――」

「予定どおり進める。おまえの手が必要になったら、迎えを送る」

タガーンは、ちょっとためらってからうなずいた。タイフーンの備蓄が乏しくなっていることに、ロクシンとおなじくらい不安を感じていた。

「〈マゼラン・サン〉の現況は?」ロクシンはきいた。「予定どおりか?」

タガーンは、スマートフォンで確認した。「GPSによれば、予定どおり今夜午前零時に会合《ランデヴー》できるはずだ」スマートフォンをロクシンに渡した。〈マゼラン・サン〉がすでにネグロス島の西のスールー海に達していることを、表示されている地図の輝点が表わしていた。

「よし。そこまで行くのに、時間はじゅうぶんにある」ロクシンは、特殊な改造をほどこした自分の貨物船の位置をつねに把握していたかった。運んでいる積荷の性質からして、行き先が勝手に変更されるようなことがあってはならない。船長が指示どおりの針路をとっていることが、GPSを使う電子追跡装置で確認された。

ロクシンは、スマートフォンをタガーンに返しかけたが、船の位置を示す地図に目を釘づけにして、手をとめた。

電子追跡装置。研究所が発見された理由は、それしか考えられない。

「おまえがタイから持ち帰ったものはなんだ？」ロクシンは、タガーンにきいた。

タガーンは、その質問の意味がわからず、小首をかしげてロクシンのほうを見てから、肩をすくめた。「短い旅だった。鷲のフィニアルを入れたブリーフケースを持っていただけだ。ベス・アンダーズが、絵を持って逃げたときに」

「アンダーズはフィニアルに触ったか？」

「ああ。おれが絵を出す前に鑑定した」

「どれくらい持っていた？」

「一分足らずだ。調べているあいだだけ」

「もうひとりの女は？　やはり触ったか？」

「いや。撃ち合いのあと、そいつらを見失ったので、クラブに戻り、フィニアルをブリーフケースにしまって、生き残った仲間とそこを出た」

金属製のブリーフケースに薄い鉛《なまり》が張ってあるのを、ロクシンは知っていた。だから税関ではあけなければならないが、それ以外は電子機器の信号を遮ることができる。

「帰る途中で、化学研究所でブリーフケースをあけただろう?」

タガーンが、ちょっと考えてからいった。「ああ、あけた。あんたの指示どおり、オカンポに二錠渡したときに」オカンポが分析のために受け取った最後の二錠で、それもバンコクでふたりが死に、無用になったから渡されたのだ。

つまり、フィニアルはブリーフケースがあいていた短い時間、鉛に防護されていなかった。司令部に戻ってからは、ブリーフケースはずっと閉めたままだった。

タガーンが、事態を理解した表情になった。「あの赤毛が、フィニアルに発信機を仕込んだのか?」

「きわめて小型のやつを」

自分の犯したミスの重大さがはっきりすると、タガーンは足をあげて、空の木箱を思い切り蹴飛ばし、粉々にした。

ロクシンは司令部の配下に電話をかけて、部屋からブリーフケースを持ってくるよう命じた。その部下に、洞窟のできるだけ奥まったところへ行き、上空を通る衛星の見通し線にはいらないように、縦穴から遠ざかって、蓋をあけろと指示した。さらに、フィニアルを調べ、ブリーフケースに戻してから折り返し電話しろと命じた。

十分後、最後の包みが消防車に積み込まれたときに、ロクシンの電話が鳴った。

「ああ」ロクシンが電話に出ると、タガーンはスピーカーホンから聞こえる声に耳をそばだてた。

「フィニアルの台の内側に、小さな電子チップがありました」ロクシンの配下が、息を切らしていった。

「はずさなかっただろうな?」

「はずしていません、同志指導者」

「よし。急いでフィニアルをマニラに届けてくれ。ブリーフケースは閉めたままにしろ。わかったたか?」

「はい、同志指導者。夕方までに届けます」

「よし。それといっしょに十人よこしてくれ」ロクシンは電話を切った。

ロクシンがスマートフォンをしまうと、タガーンがいきりたっていった。「失敗した」

「諜報技術はおまえの強みじゃないからな」ロクシンはいった。この挫折に自分がひどく平静なのが意外だった。「おまえのべつの能力のほうが、もっと貴重だ」

「発信機を壊すんじゃないのか？」

ロクシンは首をふった。「そのままのほうがずっと役に立つ」

タガーンが不思議そうな顔でロクシンを見たが、やがてその言葉の意味に気づいた。

「それでも、おれに〈マゼラン・サン〉の荷おろしを監督させるのか？」

「ああ、こっちはおれがさばく」落ち着いている理由にロクシンは思い当たった。ふたたび攻撃する立場になったからだ。状況を自分が制御していると、怒りも抑えられる。「ベス・アンダーズに手を貸しているのが何者なのか、突き止めたい。フィニアルに発信機が仕込まれているとわかったからには、格好のおとりに使える」

26

マニラに到着してPIGを積み込むと、カブリーヨはオレゴン号の係留を解いて、フィリピン中央のネグロス島西岸の五海里沖にあたる現在の錨地《びょうち》へと急行させた。オレゴン号の乗組員は、〈マゼラン・サン〉が詳細不明の貨物をおろす予定の午前零時に行なう海上阻止任務の立案と準備に、一日を費やした。ターゲット到着まで三時間を切ったので、〈マゼラン・サン〉が現われたらただちにカブリーヨに知らせられるように、マーク・マーフィーはオプ・センターでレーダーに目を光らせていた。

カブリーヨとジュリア・ハックスリーは、任務前の炭水化物の多い食事を、カブリーヨの私室で終えたところだった。その船室は船の中央にあるにもかかわらず、巨大な窓のようなものが奥の壁一面を占めていた。仔細に見るとそれは4Kディスプレイで、甲板の高感度カメラが捉えた画像が映っていた。陽はとうに沈んでいたが、明るい半月の光が凪《な》いだ水面でちらちらと光っていた。

カブリーヨの最近の船室リノベーションで生き残ったのは、その最新鋭テレビだけだった。カブリーヨはモダンなデザインには飽き飽きしたので、海上の家を装飾するために全乗組員が受け取っている膨大な予算の割り当て分を使い、以前の様式に戻した。映画『カサブランカ』の〈リックのカフェ〉を原型に、四〇年代のレトロ・クラシックなしつらえにしたのだ。アンティークのデスク、ダイニングテーブル、椅子、紫煙漂うボギーのオフィスに似合いの黒電話まである。サムのアップライト・ピアノを置くスペースはないが、寝室には巨大な金庫があって、オレゴン号の運転資金と個人の武器が保管されている。古めかしい電子機器のほかにも、見慣れない品物がデスクに置いてあった。それはロバート・フルトンが一九世紀に製造した手動式潜水艦の精巧な模型で、前回の任務が成功したことを記念し、フランス政府から贈呈されたものだった。

「レイヴンとベスの同行を断ったとき、ベスはどう思ったかしら？」パスタの残りをすこしずつ食べながら、ジュリアがいった。メル・オカンポの腕を縫合したときに、ジュリアはふたりと会っている。オレゴン号にいるときには、元海軍軍医のジュリアは白衣を好んで来ているが、いまは上陸したときのピーチカラーのブラウスと黒いパンツといういでたちだった。髪はいつものようにポニーテイルにまとめ、柔和な黒い目からは一流の医師らしい、強い集中力と思いやりが伝わってくる。

「ふたりともいい顔はしなかったね」マグカップのコーヒーを飲みながら、カブリーヨは答えた。ほんとうはバローロ・ソリ・ジネストラを飲みたいところだったが、任務まで時間がないので、ワインは我慢して、代わりにカフェインを摂取していた。

「彼女、オレゴン号に乗ったことはないんでしょう?」

カブリーヨは首をふった。「ない。それに、今回の作戦では、なにが待ち構えているかわからないから、オレゴン号に引き合わせるのに好都合とはいえない。マニラに戻ったら船内を案内しよう」

「コンサルタントとして選んだ美術品が飾られているのを見たら、よろこぶでしょうね」

「どうかな。〈コーポレーション〉のニューヨーク本社に展示してあると思っているかもしれない。武器を満載した船ではなく」

「きのう、スリル満点の経験をしたから、わかってくれるんじゃないかしら」

重傷を負った警備兵がベスの喉にナイフを突きつけている光景を、カブリーヨはいまも頭からふり払うことができなかった。カブリーヨがジュリアを食事に招いたのは、それもひとつの理由だった。ジュリアはオレゴン号の乗組員のカウンセラーでもある。

だが、いちばんの理由は、タイフーンという薬物についてのオカンポの分析をどう思うか、ジュリアの知恵を借りるためだった。これまでのところ、オカンポの話にジュリアはこれといった欠陥を見つけていなかった。

「その警備兵をたしかに殺したかどうか、たしかめるべきだった」カブリーヨはジュリアに、幻肢痛にいまも耐えていることなど、ほかのだれにも話せないような事柄をしばしば打ち明ける。

「あなたは医師ではないから無理よ」ジュリアは平静にいった。「わたしだって、見落としがあるかもしれないんだから。血が出ていなかったといったわね?」

カブリーヨが射創を何度となく見ていることは、ジュリアも知っていた。「血が出ていたが、これまで見てきたのとはちがって、流れ出してはいなかった」

「あなたが撃ったといっている部位では、即死しなくても動けなくなっていたはずよ。オカンポがいった、サメに肉をかなり食いちぎられてもイルカが生き延びるという話は、事実よ。食事の前に調べたの」

「それじゃ、タイフーンはやはり奇跡の薬物だと思うのか?」

「〝奇跡〟とはいわない。ステロイドは、人体が自然に作るホルモンをもとにした強力な薬物よ。ふつう、ステロイドというと、スポーツ選手が筋肉を増やすために服用するアナボリック・ステロイドのことだけれど、アレルギー反応の治療やひどい炎症を和らげるために、わたしはよく投与するわ。でも、長期もしくは大量に使用すると、ステロイドは健康に悪影響がある」

「錠剤には台風の渦巻きの模様が描かれていたと、オカンポはいっていた。ステロイドを錠剤にすることはあるのかな？」

「コルチコステロイドは一般に経口薬で、アナボリック・ステロイドはだいたい注射する。でも、クリームやゼリー状のステロイドもあって、局所に塗ったり、吸引したりもできる。でも、タイフーンには、ただのステロイドではない要素があるにちがいない。複合薬のような感じね。そういうものは聞いたことがなかった。オカンポはほんとうに、一九四〇年代のものだといったの？」

「そう断言していた。ありうるのかな？」

考えながら、ジュリアは驚きのあまり首をふった。「たぶん。ステロイドはドイツではじめて一九三〇年代に発見されたの。それに、第二次世界大戦中ほとんどフィリピンを占領していた日本は、恐ろしい薬物実験を行なったことで有名ね」

「七三一部隊という生物・化学兵器研究組織のことだな」

ジュリアが、重々しい顔でうなずいた。「戦時中の彼らの悪行《あくぎょう》を話してもいいけれど、吐き気をもよおすからやめましょう。兵士をより強く、好戦的にする薬物を、その部隊は完成させようとしていた。それどころか、メタンフェタミンをはじめて合成したのは、日本の化学者だった。カミカゼ攻撃のパイロットが死を怖れないように、それをあたえていたのよ。戦後、その備蓄が大量に残っていたせいで、一九五〇年代に違法化されて備蓄が焼却されるまで、中毒が蔓延した」

「このタイフーンも、まだ備蓄が残っていたようだな」

ジュリアは、フォークを置いて、皿を押しやった。「だとすると、ああいうひとたちとまた衝突するでしょうね。あなたが話してくれたことからして、わたしは医師の天性に反する助言をしないといけない」

「どういう助言かな?」

ジュリアは、肝心な点を強調するために、カブリーヨのほうに身を乗り出した。「友だちとして、仕事仲間として、あなたにいっておきたいの。タイフーンを服用してる人間とまた戦うときには、心臓か頭を狙って。まちがいなく斃《たお》すには、それがただひとつの方法かもしれない」

ドアにそっとノックがあり、ジュリアの言葉の重苦しさが破られた。

「はいってくれ、モーリス」カブリーヨはいった。

オレゴン号の司厨長《しちゅうちょう》のモーリスは、部屋にはいるタイミングを瞬時に見抜く名人だった。マックスよりも年かさなのはモーリスだけで、英海軍に長年勤務していたため、威厳のある洗練された雰囲気を漂わせている。ブラックタイに白のジャケットという服装で、染みひとつないナプキンを腕にかけ、銀の盆《ぼん》を持って、オレゴン号の隠された内部の豪奢《ごうしゃ》なインテリアに、すっかり溶け込んでいた。

「お下げしてもよろしゅうございますか、艦長?」他の乗組員とはちがって、モーリスはカブリーヨを〝会長〟とは呼ばず、海軍の伝統にこだわっている。

「どうぞ、ありがとう、モーリス」

「どういたしまして。なにか差しあげましょうか?」

「いまはいい。たぶんあとで。ハックス、きみは?」

「いいえ、結構です。仕事に戻らないと」任務前には、必要になった場合に備えて医務室の準備をしておくのが、ジュリアには儀式めいた手順になっている。立ちあがると、身長一六〇センチのグラマーな体がモーリスの痩せた長身とは好対照だった。

「わたしがいったことを忘れないでね、ファン」そういって、ジュリアは出ていった。

モーリスが、皿を片づけながらいった。「このごろはミズ・アンダーズとお仕事をなさっているようですね。わたくしどもの暮らしにすばらしい美術品をもたらしてくれたことについて、わたくしの深謝をお伝え願えるでしょうか？」

カブリーヨは、可笑《おか》しくなって笑いそうになるのをこらえた。船内でささやかれているることに関するモーリスの早耳には、いつも驚かされる。

「よろこんで伝えるよ。近いうちに船に招くつもりだ。もしよければ、案内してあげてくれないか」

モーリスのストイックな物腰はそう簡単には揺るがないが、口がちょっと曲がってかすかな笑みが浮かんだような気がした。「それはうれしいかぎりです、艦長」盆がいっぱいになると、モーリスはするするとドアのほうへ行き、出ていく前にふりむいた。「任務からお戻りの節には、艦長専用の加湿容器《ヒュミドール》からお好みのキューバ葉巻と、ヴィンテージのポートワインを、用意しておきます。一九八五年のフォンセカでございますが、よろしいでしょうか」

オレゴン号では、作戦前に〝幸運を祈る〟というと悪運を招くと考えられているが、モーリスは繊細な言葉遣いで、無事に帰るのを願っていると伝えたのだ。

「ありがとう、モーリス。楽しみだね」

モーリスがうなずき、出ていってそっとドアを閉めた。数秒後に、電話が鳴った。

ハリ・カシムからだった。

「会長、〈マゼラン・サン〉の特徴と一致する貨物船が、西三〇海里から接近しているのを、マーフィーが長距離レーダーで捉えました」

「到着予定時刻《ETA》は？」

「現在の速力だと、二時間で沿岸に達します。それから、ラングストン・オーヴァーホルトとテレビ電話がつながりました」

「わかった。わたしの部屋のスクリーンに転送してくれ。それから、リンクとエディーに、電話を終えたらムーン・プールで任務の準備をすると伝えてくれ」

「アイ、会長」

　カブリーヨが電話を切ると、壁のスクリーンの月光を浴びているスールー海が、八十を超えているカブリーヨの師匠の巨大な顔に変わった。オーダーメードのスリーピース・スーツを着て白髪が突っ立っている名門出身のＣＩＡ幹部は、飾り気がないが優美なデスクに向かって座っていた。朝の陽光がまだら模様をこしらえている木立が、うしろの窓から見え、時差が十二時間あることをカブリーヨは思い出した。

　オーヴァーホルトは、国務省高官としてカブリーヨをＣＩＡに勧誘したときと、すこしも変わっていないように見え、大型スクリーンに映るその顔はあいかわらず威厳があった。

「そっちの状況はどうだ、ファン？」

「下へ行って任務の準備をはじめるところです。なにか新しい情報はありますか？」

「ふむ、オカンポ博士とその友人たちをマニラ郊外の隠れ家にかくまって、ＣＩＡ局員が事情聴取をやっているところだ。それから、匿名の情報源からフィリピン国家警察に、化学研究所の事件のことを通報させた。こうして話をしているあいだにも、警察が現場を調べているだろう」

「役に立つようなものは、見つからないと思いますね」カブリーヨはいった。

「わたしたちもそう判断している。だから、サルバドール・ロクシンを追うにあたって、わたしたちはきみたちを支援する。タイフーンがオカンポ博士のいうような危険な〈魔薬〉だとすると、アメリカの国家安全保障にとって〝いまそこにある危機〟となる。ここ数年、南シナ海での中国の勢力拡大を押し戻すのに、フィリピンは最重要同盟国のひとつになっている。フィリピンはふたたび、米海軍艦の母港を置くことを受け入れている。ロクシンがフィリピン政府の安定を脅かすようなことがあれば、中国は思いのままに台湾や東南アジアを支配しようとするかもしれない」

「わかっています。〈マゼラン・サン〉について、なにか情報は見つかりましたか？香港の泰風《タイフオン》海運というダミー会社が所有していて、マーシャル諸島の船籍で運航しているところまでは、マーフィーとエリックが突き止めたんですが」商船をさまざまな条件が有利な外国に登録するのはありふれた行為だし、オレゴン号もリベリア、パナマ、イランの商船旗を状況により選んで、正体を隠している。

　オーヴァーホルトが、首をふった。「すまない。きみらが知っていることにつけくわえられるのは、泰風に売却される前に中国政府が所有していたということだけだ」

「ということは、乗り組んでいるのは全員、ロクシンの反政府勢力だと考えなければなりませんね」

「それが賢明だろうな」

「事情聴取でオカンポは、どういう貨物をおろすかということについて、なにかを思い出しませんでしたか？」

　オーヴァーホルトが、一枚の紙片を持ちあげて、ちょっと見た。「製造しているなにかの部品について、いくつか単語を憶えていたようだ。とくに際立っているのは、〝武器〟という言葉だったそうだ」

「中国がロクシンたちに武器を渡すというのは、ありうるはなしですね」

「あるいは、武器を作るのかもしれない」

「さっきおっしゃった米海軍基地のことですね。やつらは基地を攻撃するのかもしれない」

「だからこそ、ロクシンがなにを企《たくら》んでいるかを、突き止めなければならない」

「では、そろそろはじめますよ」

「その前に最後にひとつだけ。こちらの気象学者が、フィリピンの東で熱帯性低気圧が生まれたと報告している。イダルゴと名付けられた。そちらに向かっているが、来るまで、二、三日かかる。しかし、上陸するときには勢力を強めていると推定されている」

カブリーヨは首をふり、オーヴァーホルトに向かって苦笑いした。「偶然とはいえ、タイフーン・イダルゴですか?」

「そのようだな、友よ」

27

マニラ

「これって、まずいんじゃないの」小型のレンタカーを運転していたレイヴンがいった。午後九時半なのに、昼間のめちゃめちゃな混乱状態ほどではないにせよ、道路はかなり混雑していた。

ベスは、スマートフォンから顔をあげなかった。とぎれとぎれにスクリーンに現われる輝点に、目を釘づけにしている。「何度もいわないで。ここで曲がって」

湾に沿ってアメリカ大使館が左にあるので、右にしか曲がれない。「〝まずい〟っていうのが聞こえてないみたいね」

鷲のフィニアルに仕込んだ発信機の信号が、十分前に突然、マニラのそこで点滅しはじめた。カブリーヨとオレゴン号が行ってしまったので、ふたりには支援要員がいない。きのうベスは死にそうになったから、リスクをとるのはためらうだろうとレイヴンは思った。だが、絵を見つけるのに血眼《ちまなこ》になっているベスは、リスクを軽視した。すこしでも危険の気配があれば撤退することにベスが同意したので、レイヴンは渋々折れた。

「要塞を攻撃するわけじゃないのよ」ベスはいった。「ちょっと見るだけ。わたしたちが向かっているところに絵がある可能性が高かったら、騎兵隊に助けを求めるわ。一度目の下見と考えて。軍隊ではなんていうんだったかしら？」

「偵察任務」

「そう。それだけのことよ」

「オカンポの化学研究所を調べにいったときも、そうだったのよ。いまあそこがくすぶる灰の山になってるのを忘れないで」

ベスが明るい笑みを一瞬浮かべて、親指を立てた。「あなたは、これまでいい仕事をしてきたじゃないの。その調子でやってよ」

レイヴンは、溜息で応えた。危難に遭っても、自分は切り抜けられる。厄介なのは他人を警護しなければならないことで、その相手がベスのようにべつの目的しか頭にないときには、よけいに難しい。腰に食い込んでいる拳銃がすこしは励ましになるが、敵はこれまで相手にしてきたような人間とはちがう。これが罠だった場合に備え、四方にたえず注意しなければならない。

さらに数ブロック走ってから、ベスがいった。「左のビルよ。着いたわ」

レイヴンは、歩道のそばの空いたスペースに車をとめ、照明の明るい数階建てのビルと、それに隣接した豪華なタワー三棟を見あげた。正面に半円形の車まわしがあり、ヤシの木が植えられ、きちんと手入れされた装飾的な庭園があった。ビルの正面には、〝ロビンソン・プレース・マニラ〟という看板があった。

「ショッピング・モールじゃないの」

ベスがスマートフォンから顔をあげて、なかの店舗やレストランの案内板を見た。

「そうね。変だわ」

「まちがいなくここなの?」待ち伏せ攻撃しやすいさびれた工業地帯におびき出されるだろうというのが、レイヴンの予測だった。

ベスが、スマートフォンをもう一度たしかめて、うなずいた。「信号が一分おきくらいでビル内から送られてくる」

「タワーからじゃないでしょう?」高層マンションのほうが、美術品の保管場所の可能性が高いが、念入りに計画を立てないと調べるのは無理だ。

ベスがかっとして、スマートフォンのスクリーンをレイヴンに見せた。輝点がショッピング・モールのまんなかにあるのを見て、レイヴンは口をとがらせた。

「行きましょう」セレクター・レバーをパーキングに入れて、レイヴンはいった。「わたしから離れないで」ドアをあけ、立って周辺の通りに目を配った。映画に行くカップル、街をぶらついている十代の若者、遅めの食事を終えて家に帰る家族で、通りは混雑していた。ことさらに注意を向けているものはいなかったので、レイヴンはベスにいっしょに来るよう手招きした。

ベスはレイヴンとならんで通りを渡った。「〝あなたが正しい、ベス。どうして疑ったのかしら?〟っていいたいんじゃないの?」ベスがいった。

それを聞いて、レイヴンはベスを睨みつけた。「どう考えても変だからよ」

「どうして?」

「何日も消えてた信号が、どうして突然、マニラのショッピング・モールのまんなかに現われるの?」

「さあ。それを突き止めるために来たんじゃないの」

警護する側にしてみれば、未知の事柄はもっともたちの悪い敵だった。このショッピング・モールのレイアウトがわからないし、突然、信号が発信されはじめた理由も、説明がつかない。ベスが独りでもやるとわかっていなかったら、レイヴンは中止させていたはずだった。ただ、公共の場所で目撃者が多いことだけはありがたかった。

店内にはいると、その高級ショッピング・モールが昼間ほど混んでいなかったので、レイヴンはほっとした。このほうが場ちがいな人間を見つけやすい。

中央に四階まで通じているアトリウムがあり、光があふれていた。真っ白な壁が石の床のカラフルな四角い模様を際立たせていた。レイヴンが先導して、エスカレーターに乗った。高い位置を占めるのは戦術的につねに重要だからだ。

最上階へ行くと、アトリウムをすっかり見渡すことができ、いざという場合の逃げ道も増えた。レイヴンはすでに非常口を数カ所見つけていた。

「信号の正確な位置は？」

「誤差は一五メートルだと、ファンがいっていた」ベスはいった。「でも、最後に発信されたときは、このアトリウムのどこかからだった」

疲れた買い物客のために椅子を置いてある休憩所が、何カ所もあった。ベスとレイヴンは、そちらを見まわした。ある休憩所では、ぼうっとしている親がふた組、三歳くらいの子供たちがぐるぐる走りまわっているのを眺めていた。べつの休憩所では、大学生くらいの若者たちが、笑いながらスマートフォンをいじっていた。連れもなく椅子で居眠りをしている客も、何人かいた。

そういった集団のなかで、ひとりの男だけが目についた。隅の休憩所の椅子に独りで座り、油断のない感じで、どの獲物が殺す価値があるかを品定めしている豹《ひょう》のように、通りすがりの客を観察していた。スーツを着ていても、筋肉質の体だとはっきりわかる。ロクシンの配下がすべてそうだったのを、レイヴンは憶えていた。それに、禿げた頭が、クリスマスの飾りのように照明の光を反射していた。

レイヴンはベスをつつき、顎でその男を示した。

「あれがそう?」ベスは迷っているようだった。

「バスタオルを買ってるように見える?」

「だれかを待っているみたい。わたしたちが現われると思っているのかしら?」

「わからない」レイヴンはいった。「見張るしかない。でも、こっちを見あげるといけないから、あの柱の蔭にいたほうがいい」

ふたりはその柱のほうへ寄っていって、下のメイン・フロアからは体の一部しか見えないように、柱にもたれた。ベスが下の男から目を離さないようにしているあいだ、レイヴンは左右から近づいてくるひとびとを確認していた。あまりにも無防備なのが気になり、うなじがちくちくした。

ベスがレイヴンの肩を軽く叩き、必死で男を指差した。男は椅子に座ったまま体をずらしていて、脚のうしろの金属製のケースが見えていた。

「タガーンがバンコクで持っていたのとおなじケースよ」ベスが興奮を隠しきれずにいった。「ガードナー美術館の鷲のフィニアルが、なかにはいっているにちがいない。ここから信号が発信されていた理由がわかった」

「かもしれない」レイヴンはそれだけいった。

一分後、男がケースを持ちあげて、一瞬、蓋をあけた。ベスがスマートフォンを確認した。「信号が届いた。フィニアルはまだあれにはいっているのよ。どうする?」

「あいつがなにをやるか、見てたほうがいい」

「あそこを離れたら、尾行しないといけない。二度とケースをあけないかもしれないし、そうなったら手がかりがなくなる」

ベスのいうとおりだったが、尾行するのは危険が大きいと、レイヴンにはわかっていた。見つかったら、逃げるにはよほどすばしこく動かないといけない。しかし、ベスがいると動きが鈍る。ましてベスの赤毛は目立つから、見つからずに尾行するのがよけいに難しくなる。

「あいつが動いたら、尾行はわたしひとりでやる」レイヴンはいった。

「だめ。だめよ」ベスが反対した。「わたしはあいつから目を離したくない」

「あなたはこういうことをやる訓練を受けてない。わたしは受けてる。悪く思わないでほしいけど、足手まといになるのよ」

「嫌なことをいうわね」

レイヴンは、まわりを通りすぎるひとびとを示した。「あなたは気がついてないかもしれないけど、この国に背が高くて赤毛の女は、めったにいないの。尾行をはじめたら、あなたは十秒で見つかってしまう。そうしたら、わたしたちに気づかれないような待ち伏せ攻撃を仕組まれる」

「でも、わたし――」

「わたしの仕事はわたしに任せて。だって、偵察だとあなたはいったじゃないの」

ベスが口をあけかけたが、むっとして閉じた。

「〝あなたが正しい、レイヴン〟っていいたいのよね」

「好きなようにいえば」ベスが、作り笑いを浮かべた。「待って。あれはだれ？」

カジュアルなシャツとジーンズを着たべつの男が、スーツ姿の男に近づいた。スーツの男が立ち、その男と握手を交わした。ふたりとも腰をおろし、待っていた男がケースをあけた。

レイヴンがバンコクで見たフィニアルを男が出し、照明を浴びてブロンズが輝いた。ジーンズの男がそれを受け取り、両手に持ってひっくりかえし、表面をくまなく調べはじめたので、ベスは息を呑んだ。

フィニアルを逆さにした男が、筒状の部分の奥を覗き込んだ。発信機はそこに仕込んである。ベスはレイヴンの腕をつかんだ。

「見つかるわ！」

ベスの怖れていたことが起きた。男が筒に指を入れて、なにかを引き出し、親指と人差し指でそれをつまんだ。小さいのでベスとレイヴンのところから見分けることはできなかったが、発信機にちがいない。

ジーンズの男が立ちあがり、スーツの男をののしって、小さな物体を顔に突きつけた。まわりの買い物客がじろじろ見るくらい大声で、ふたりが口論をはじめた。しばらくすると、ふたりは急に口喧嘩をやめて、見えない部隊に包囲されたとでもいうように、アトリウムを見まわした。

カジュアルな服装の男が、煙草の吸殻《すいがら》でも捨てるように、発信機をはじき飛ばし、フィニアルをスーツの男の下腹に叩きつけて、メイン・エントランスに向けて駆け出した。スーツの男はフィニアルをケースにしまい、足早に反対方向へ歩いていった。

「スマートフォンを持ったままにして」レイヴンがいい、階段に向けて駆け出そうとしたとき、ベスが腕をつかんで引きとめた。

「だめ」ベスがいった。「捨てようとしている！」

その言葉どおり、スーツの男が大股でゴミ入れの横を通ったときに、ケースを押し込んだ。ケースにべつの発信機が仕込まれているのを怖れ、追跡される危険は冒すのを避けようとしたようだった。

レイヴンがとめる間もなく、ベスがエスカレーターへ走っていった。レイヴンはうしろから待ってと叫んだが、ベスは先に駆け出していたし、ランニングで体を鍛《きた》えていて、脚も長かったので、追いつけなかった。だれかがうしろから追ってくる気配はなかった。

メイン・フロアに着くと、ベスはレイヴンよりも数歩早く、ゴミ入れに着いた。

「だめ。やめて！」レイヴンはどなった。すべてが怪しいという思いを、どうしてもふり払えなかった。

レイヴンが必死でとめたにもかかわらず、ベスはフィニアルが無事であることをたしかめようとして、ケースをあけた。なかになにがあるのか、レイヴンには見えなかったが、ベスの顔に浮かんだ恐怖の表情を見て、最初から最後まで罠だったのだと気づいた。

ベスが、あけたままのケースをレイヴンのほうに向けた。〝安全装置解除〟と表示された小さなディスプレイと、C４爆薬の小さな塊が、フィニアルの横にあった。小型無線機もはいっていた。

無線機のスイッチがはいり、声が聞こえた。「おれのいうとおりにしないと、ケースが爆発する。逃げようとしたら、二歩行っただけで死ぬ。エントランスを見ろ」

ベスは、レイヴンの肩ごしに視線を投げた。ベスの顔から血の気が引いたので、爆弾を両手に抱えたままで気絶するのではないかとレイヴンは思った。レイヴンは、ゆっくりと向きを変えた。騙された自分が腹立たしかったが、早くもこの状況から脱する方法を編み出そうと知恵を絞っていた。

だれの姿が見えるのか、レイヴンはとうに知っていたが、それでも、邪悪な笑みを顔に浮かべたその男がメイン・エントランスのそばに立っているのを見たときには、体の奥からさむけがこみあげた。サルバドール・ロクシンが、堂々とした体格の戦闘員四人に左右を護られ、指を曲げてふたりを差し招いていた。

28

マニラ

ひとが来ないような場所を雑沓《ざっとう》する街で見つけるのは難しいので、ゲアハート・ブレッカーはチーム全員が乗れるようなヨットを借りて、タイフーンをくれとアリステア・リンチがときどき叫んでも、聞きつけられるおそれがないように、メイン・マリーナから離れた場所に係留した。全長一八メートルのパワー・クルーザーには十人分の寝棚があり、ケープタウンで父親が所有していたチャーター用釣り船をブレッカーは思い浮かべた。

リンチをヨットに閉じ込めると、デア・ヴァールとブレッカーは、ベイロン・ファイア社の工場と倉庫を一日かけて下見した。そこが麻薬密売の拠点だと、リンチが断言している。リンチは、麻薬を消防車に積み込む手口も明かし、一台に今夜積み込まれて、あすに輸送されるはずだといった。ブレッカーのターゲットは、ロクシン本人だった。ロクシンは、フィリピン政府に賞金を懸けられ、ウェブサイトでそれが宣伝されているので、顔写真はすぐに手にはいった。

工場と倉庫はレザーワイヤを取り付けた金網のフェンスで囲まれていた。警備員ふたりが二十四時間配置されているゲートによって、出入りが制限されている。姿を見られずに進入するのは、そう難しくはない。ブレッカーは照明ポールに超小型カメラを取り付け、警備員のいるゲートを含めた六カ所を、遠隔監視できるようにした。道路脇に捨ててあるように見せかけた箱の下にスマートフォンを隠し、画像を送らせた。バッテリーが切れるまで、それで二十四時間、監視できる。

真夜中に倉庫に忍び込み、密輸されるメタンフェタミンを満載した消防車を盗む、という計画だった。それを、ロクシンをおびき出す強力な切り札にする。

グレグ・ポルトンとその同僚のチャールズ・デイヴィスを待つあいだ、ブレッカーはサンドイッチを食べ、クルーザーの豪華なメイン・ダイニング・エリアに設置したモニター三台で、カメラの画像を見ていた。ファン・デア・ヴァールが向かいに座り、カーテンを引いてから、信頼するヴェクターSP1セミオートマティック・ピストルをクリーニングして、オイルを引いた。その拳銃は、南アフリカ国防軍の制式装備だった。下の船室のリンチには見張りをひとりつけ、あとの傭兵たちは睡眠をとっている。装備のバッグが大理石の床に積まれ、長期に作戦中に傭兵たちが筋トレに使う二五キロのケトルベルウエイト数個が置いてあった。だが、そのウエイトはしばしば、他の目的に使うのにも便利だった。

十分後、デア・ヴァールがようやく拳銃の組み立てを終えたときに、ポルトンとデイヴィスがヨットに乗り込んできた。ブレッカーは、ふたりとじかに会ったことはなかったが、ダグウェイ試験場の化学兵器専門家は、ひと目でわかった。仕事を引き受ける前に、ふたりについてわかるかぎりの情報を、入念に調べてあった。

デイヴィスの汗にまみれた花柄のシャツは、突き出した腹にへばりついていた。キャリーオン・バッグを部屋のまんなかにどさりと置くと、デイヴィスはいった。「やっとまともなエアコンがあるところに来た。おい、いい隠れ家だな」

ポルトンは、暑さも湿気も気にならないようだった。落ち着いてバッグをおろし、フレームレスの眼鏡をはずして、レンズ拭きで拭いた。

「リンチをここまで運ぶのに問題はなかったか?」ときいてから、ポルトンは眼鏡をかけた。鬢が白くなりかけ、ジョギングで鍛えているので、女子学生にかなりもてそうな大学教授のようだと、ブレッカーは思った。

「やつは下にいる」ブレッカーはいった。

「デイヴィスがタイフーンの錠剤をテストしているあいだに、リンチを見たい」

ポルトンが階段に向かいかけたが、ブレッカーは手をあげてとめた。「この作戦は、かなり複雑になってきた。相手にしているのがどういうたぐいの人間かわかったから、報酬を倍にしてもらわないといけない。〝危険手当て〟だと思ってくれ」

ポルトンが眉根を寄せていった。「すぐにそれだけの金を用意するのは無理だが、タイフーンの処方がわかったときに三倍払う」

ポルトンがやけに早く応じたのが、ブレッカーには意外だった。大声を出して反対したり、交渉したりしない。それで事情が読めた。

「で、この作戦は、非公式なんだな？　やばいことになっても、おれたちがあおりを食らうことはないんだな？」

ポルトンがいった。「それはない。あんたらへの支払いは、そっちが要求したとおりダミー会社を通した。わたしとデイヴィスのほかは、あんたらのことはだれも知らない」

ブレッカーは、答に満足してうなずいた。ポケットから金属製の小さなケースを出し、錠剤のうちの一錠をデイヴィスの手に落とした。デイヴィスが、真剣に錠剤を見てから、バッグのジッパーをあけて、携帯用化学テスト機器を出した。

「政府の正式な許可証があると、税関をすんなり通れるのには驚きだな」チューブと液体のはいった小瓶を出しながら、デイヴィスがいった。

「こっちだ」ブレッカーは、ポルトンにいった。ふたりは階段をおりて、リンチがベッドにナイロンロープで縛りつけられている船室へ行った。

スマートフォンで映画を見ていた見張りが、目をあげていった。「こいつ、ひっきりなしに泣きごとをいってる。それに、腐ったニンニクみたいな臭いがする」

リンチは、けさよりもずっとひどい状態だった。頬が落ちくぼみ、筋肉がすでに縮んでいる。ベッドカバーが汗でぐしょ濡れで、ひどい体臭が押し寄せてくる。

「薬が切れてから、十二時間たっているんだな？」ポルトンがきいた。

「二十四時間だろうな。昨夜飲まなきゃならなかったんだろうが、飲む前におれたちに捕まった」

「なかなかおもしろい」ポルトンはリンチに近づき、小さなペンライトを出した。前にも患者を診たことがあるようなそぶりで、リンチの目をペンライトで照らした。朦朧としていたように見えたリンチが、ポルトンのほうへ起きあがって、嚙みつこうとした。ポルトンはきわどいところであとずさり、手を食いちぎられずにすんだ。

「おれの薬をよこせ！」リンチがわめいた。

ポルトンは離れて立ち、冷たい目でリンチを観察した。「こういう状態になるのが、われわれが見た記録に書かれているよりも早い」

「どんな記録だ？」

ポルトンが、メイン・キャビンに戻ろうと顎で合図した。上に戻ると、ポルトンはいった。「この薬物の使用に関する書類がある。利益が大きい効能があるのは、見てわかっているだろう。ただ、禁断症状がきわめてひどい。中毒になると、そういう犠牲を払わなければならない」

「それで、このタイフーンがどこかにもっとあると、あんたは考えているんだな？」

ポルトンはうなずいた。「開発されたのは一九四〇年代のはじめだった。広島に原爆が投下されたときに、最後の残りは消滅したと、わたしたちは考えていた。日本はそこに製造工場を建設し、米軍の本土上陸を予想して、国の老若男女すべてに支給できるよう大量生産するつもりでいた。薬の効果と天皇への忠誠によって、日本を占領するまでに米軍兵士数百万人が犠牲になると考えられた。広島がターゲットになったのは、それが理由だったのか、それとも工場が破壊されたのは余禄だったのか、だれにもわかっていない。とにかく、そこのタイフーンは一掃され、処方も失われた」

「それなら、フィリピン人が見つけたのは、どういうわけだ？」

「レイテ沖海戦の最中に、その一部がカミカゼ攻撃パイロット向けに運び込まれていたのではないかと、わたしたちは考えている。だが、それは推測にすぎない。戦争末期にその一部が〈パーソール〉という米海軍駆逐艦によって持ち出されたが、アメリカまで到達できなかった。日本の潜水艦に撃沈されたものと思われる」

　ブレッカーの目が鋭くなった。ポルトンの唇がかすかにひきつったのを見逃さなかった。嘘つきは嘘つきを見抜ける。ポルトンがタイフーンの輸送について真実をすべて打ち明けていないことはたしかだった。

「その駆逐艦は見つからなかったのか？」

「つい最近までは」ポルトンがいった。「観光ダイバー数人が、砂に埋もれていた残骸を見つけ、国立海洋海中機関《NUMA》という政府機関が、艦内に残っている爆発するおそれのある実弾を処理するための船を派遣する予定になっている」

「ＮＵＭＡは積荷のことを知っているのか？」

「知らないだろう。当時でも極秘だった。わたしたちが知っているのは、ダグウェイの秘密文書庫の書類で知ったからだ。ＮＵＭＡの船の到着が三週間後なのは、それを知らないからにちがいない」ポルトンは、〈パーソール〉が沈没している場所が記された海図を、ブレッカーに見せた。そこはサマール島に近い無人の環礁《かんしょう》だった。「しかし、ロクシンがすでに見つけて、積荷を回収している可能性もある。それに、処方を手に入れるには、どうしてもロクシンを見つける必要がある」

「どうして処方がそんなに重要なんだ?」デイヴィスのほうへ顎をしゃくって、ブレッカーはきいた。「錠剤のサンプルがあるのに」

「複雑な話になるが」ポルトンがいった。「主成分はフィリピンにしか自生していない植物なんだ。ところが、それがどの植物なのかがわかっていない。ひとつの島だけに自生しているのかもしれない。フィリピンには島が七千もあって、それぞれに固有種があるから、処方なしではどの植物なのかを突き止めるのは不可能に近い」

「で、処方があれば、タイフーンをいくらでも製造できるんだな?」

「そうだ」分析をやりながら、デイヴィスが口を挟んだ。「処方と植物のじゅうぶんな供給があれば、化学の学位がある人間なら、だれでも製造できる」

デイヴィスがよけいなことをいったので、ポルトンの目に怒りが浮かんだが、あわててつけくわえた。「しかし、副作用を和らげるには、何年ものテストと処方の改善が必要かもしれない」

「なるほど」ブレッカーはいった。ファン・デア・ヴァールのほうを、ちらりと見た。

デア・ヴァールが、ほとんど気づかないくらい小さくうなずいた。

「確認できた」デイヴィスが、勝ち誇ったようにいった。笑み崩れて、ポルトンのほうを見た。「まちがいなくタイフーンの調剤だ」

「たしかか?」ベッカーはきいた。

「まちがいない」

「さて」ポルトンがいった。「見つけ出す計画を――」

デア・ヴァールのヴェクター拳銃の銃声が二度、たてつづけに響き、ポルトンの言葉が途切れた。ポルトンが二度咳《せ》き込み、テーブルに倒れ込んだ。あいたままの目に、驚愕の色が残っていた。デア・ヴァールは、ポルトンとデイヴィスの胸のどまんなかを一発ずつ撃っていた。ポルトンのシャツから血がにじんで、大理石の床にたまった。

「このほうが掃除しやすくていい」デア・ヴァールがいい、拳銃をホルスターにしまった。「馬鹿め。報酬をあげるのに応じるのが早すぎた」

ブレッカーは、同感だというようにうなずいた。「目がドル記号みたいになっていた。三倍も払うというんだから、ロクシンにとって処方がどれほど価値があるか、想像がつく」

「おれたちが市場で売ってもいい」

「まだ駆逐艦にあれば、処方が存在していれば、おれたちにうまく製造できれば——〝れば〟が多すぎる。いま金をもらったほうがいい。売りさばくリスクはロクシンに任せよう」

眠っていた傭兵たちは、銃声が聞こえるのを待っていた。ぞろぞろとあがってきて、ポルトンとデイヴィスの足を重いケトルベルウエイトにつないだ。あとでマニラ湾のまんなかに出て、そのまま水葬することになっている。

ファン・デア・ヴァールが、コンピュータのスクリーンを指差した。「動きがあるようだ」

ブレッカーがベイロン・ファイア社の工場の外に仕掛けた遠隔操作カメラの画像を見ると、ＳＵＶ二台がゲートを通るところだった。とまりもせず、警備員が手をふって通した。倉庫の近くで五、六人がおりて、ひとりはロクシンのようだったが、距離があるので確実にそうだとはいえなかった。赤毛と漆黒の髪の女ふたりもおりてきた。ふたりとも手荒く倉庫のほうへ押されて、なかに連れ込まれた。

「パーティをはじめるつもりかな？」ファン・デア・ヴァールが、愉快そうにいった。

「さあな」ブレッカーは、装備のバッグをあけて、アサルト・ライフルを出した。

「調べにいこう」

29

ネグロス島沖

カブリーヨは、ムーン・プールがある区画の上の歩路《キヤツトウオーク》から、水面のすこし上の風変わりな形の小型艇を見おろした。ガントリークレーンが、それを正確な位置に着水させようとしているところだった。海水の潮の香りと、機械油の臭いが、オレゴン号の船内でもっとも広い空間を満たしていた。そこは船の中央にあたり、表の水面とおなじ高さにオリンピック・サイズのプールとおなじ大きさの開口部があった。潜水艇やダイバーが、その下で竜骨を中心に左右に開く扉を通って、まわりの船に気づかれることなく出入りできる。エディー、リンカーン、マクド、マーフィーが、黒ずくめの夜間用迷彩服を着て、ムーン・プールのそばに集まり、戦術装備を積み込む準備をしていた。

〈ゲイター〉は、オレゴン号の舟艇群に最近つけくわえられた装備だった。これまでの数カ月の試験潜航ではなにも問題がなかったが、作戦に使用されるのは、今回がはじめてだった。米海軍の〈シーライオン〉や、シンガポールや北朝鮮などの国が使用している半潜水艇をモデルにしている〈ゲイター〉は、全長一二メートルで、海上と陸上の両方のターゲットに潜入することを目的に設計された。従来、オレゴン号では〈ディスカヴァリー1000〉が同様の任務に使われていたが、その後継装備の〈ゲイター〉には、際立った利点が備わっている。

〈ゲイター〉は、角張ったシガレット型モーターボートのような姿で、ステルス素材が使われている表面の形によって、レーダー断面積（目標がレーダー波を反射する係数。面積で表わされる）をバスタブに浮かべるアヒルのおもちゃなみに縮小している。また、艶《つや》消しの黒とチャコールグレーの塗装は、浮上していても夜間に見つけづらい。乗客八人が乗れて、深度三〇メートルまで潜航でき、電気スラスターによって方向を変えられるのは、〈ディスカヴァリー〉とおなじだが、〈ゲイター〉のディーゼル機関のほうが消音に優れているし、水上航行は四〇ノットに達し、航行中にバッテリーを充電できる。〈ゲイター〉のもっとも風変わりでなおかつ役に立つ特徴は、半潜航できることだった。その名のごとく、ワニ《アリゲイター》が目だけを出して沼をすいすいと泳ぐように、操縦手用の小さな展望キューポラだけを水面から出して進む。半潜航中は強力なディーゼル機関を使用できるので、航走している敵船に忍び寄り、速力を合わせることが可能だった。そうすれば、停止せずに乗り込み隊がルーフの丸窓を通って、敵船に潜入できる。

いまはムーン・プールの上に吊られている〈ノーマド〉を、〈ゲイター〉は補助している。全長二〇メートルの〈ノーマド〉は、六人を乗せて深度三〇〇メートルまで潜航できる深海潜水艇で、潜航中に水中戦闘員が出入りできるエアロックを備えている。〈ノーマド〉のほうがバッテリーを充電せずに潜航できる時間は長いが、耐圧船殻も電動モーターも重いので、なめらかな形の〈ゲイター〉よりもだいぶ速力が遅い。

〈ゲイター〉が水面におろされ、装備を持った任務チームが乗り込むと、リンダ・ロスがキャットウォークのカブリーヨのそばに来た。小柄なリンダの頭は、カブリーヨの肩にどうにか届くくらいの高さだった。カブリーヨやチームの他の四人とおなじように、リンダも黒ずくめだった。

「〈ディスカヴァリー〉が懐かしい」リンダがいった。「でも、たしかに後継機種もすごくすてきね」

「〈ノーマド〉に聞こえないようにいわないと、やきもちを焼かれるぞ」

「あら、子供たちはみんなおなじように愛してるのよ」リンダが口だけ動かして、嘘だけどといい、〈ゲイター〉を指差して、親指と人差し指で丸をこしらえる、ダイバーのOKサインをカブリーヨに見せた。

「それじゃ、賢明な投資だったというのを、マックスに証明しよう」

リンダが、くすくす笑っていった。「注文書にサインするとき、手がふるえてたんじゃないかな」社長のマックスは、しみったれで金に細かい。

リンダが来たのは、〈マゼラン・サン〉が目的の場所に近づいているからだ。カブリーヨはきいた。「いい報《しら》せがあるのかな？」ゴメスが暗視カメラ付きのドローンで、全長一二〇メートルの貨物船を監視している。

「カンポマネス湾の一海里沖で位置につく準備をしてるみたい。予想どおりよ」ネグロス島の海岸線を調べた結果、島の西側のそこがもっともひと気がないとわかった。衛星画像には湾にある小さな桟橋が映っていた。ふだんはスクーバ・ダイビングの船や遊覧船に使われているが、深夜にはだれもいないはずなので、違法行為にはうってつけだ。桟橋は小さく、大型船は横付けできないので、〈マゼラン・サン〉は湾にははいらないだろうと予想されていた。オレゴン号は五海里北の持ち場にいた。それだけ離れていれば、脅威とは見なされないはずだった。

「貨物はどうやっておろすんだろう？」カブリーヨはきいた。

「海上油田用の古いオフショア補給船が一隻、島から沖に向かってるし、〈マゼラン・サン〉のクレーンが、貨物を甲板からおろす準備をしてる」

「それじゃ、そろそろ出かけたほうがいい」カブリーヨは、〈ゲイター〉のほうを顎で示した。「あれで海に出る用意はいいか？」

リンダが上機嫌で両手をこすり合わせた。任務中、〈ゲイター〉はリンダが操縦する。「そうきかれるのを待ってたのよ」

ふたりは梯子《ラッタル》を下って、凹《おう》甲板へ行った。カブリーヨはあらかじめ用意しておいた装備のバッグを持ち、リンダといっしょに乗り込んだ。リンダが操縦席に座り、潜航前チェックリストを進めるあいだに、カブリーヨは上のハッチを閉め、後部客席にチームとともに座った。〈ゲイター〉は平たい形なので、すこし窮屈だったが、キャビンの左右のベンチシートにはクッションがついているし、海が荒れたときに締めるシートベルトもある。目が闇にすぐに慣れるように、艇内の照明は赤かった。

「気象予報は？」カブリーヨは、マーフィーにきいた。マーフィーの持っているタブレットは、衛星経由でオレゴン号と接続されている。

「曇りでいまのところは暗い」マーフィーがいった。「でも、月が出るかもしれない」

「ゴメスの無人機の映像は？」

「現場にいるみたいによく見えますよ」マーフィーは、タブレットをカブリーヨのほうに向けた。

波のない黒い海を背景に、〈マゼラン・サン〉がくっきりと見えていた。全長はオレゴン号の三分の二ほどだが、輪郭はよく似ていた。上部構造が船尾寄りにあり、小さな港で貨物を積みおろしするクレーンが四基備わっていて、甲板にはパレットやコンテナが積んである。航跡《ウエーキ》が消えかけているのは、まもなく停止するからだろう。

二方面任務のいっぽうでは、マーフィー、エディー、マクドが〈マゼラン・サン〉に乗り込む。標準的な中国の設計の船なので、ラングストン・オーヴァーホルトがCIAの資料庫からオレゴン号に設計図を送ることができた。チームはそれを検討して、侵入計画を立てた。

「きみたち三人が調べる機器室はどこにある？」カブリーヨはきいた。

ロクシンの発掘用の補給品を運んでくるとオカンポがいっていたので、ロクシンがタイフーンの備蓄を探している島を絞り込むために、コンピュータ化された航海日誌をダウンロードするのが、任務の目的だった。コンピュータは船橋《ブリッジ》にあるが、ブリッジにはつねに当直員がいる。CIAにあった設計図によると、その近くの機器室にケーブルの接続箱がある。そこからネットワークにアクセスできると、マーフィーは考えていた。

「このあたりっす」マクドがゆっくりした南部訛りで、ブリッジの真下を指差した。「そういう部屋はたいがいほうっておかれるもんだけど、当てがはずれたら、おれっちの狩りの女神ダイアナさんの出番っす」忠犬でもなでるように、クロスボウを軽く叩いて見せた。

エディーが、クレーンとは反対側の左舷を指差した。「ここから乗り込むのが、都合がよさそうです。お客さんたちは右舷でせっせと貨物をさばいているはずです。でも、乗り込むときにだれかが近づいてきたら、ゴメスが知らせてくれるでしょう」

カブリーヨはうなずいた。「時間はどれくらいかかる?」

「なかにはいったら」マーフィーが、貧弱な顎鬚をしごきながらいった。「システムに侵入してデータをダウンロードするまで、五分もかからない。はいり込んだことも気づかれないはずです」

三人が〈マゼラン・サン〉にいるあいだに、カブリーヨとリンカーンが任務の第二方面を実行する。

カブリーヨは、暗号通信イヤホンを耳に差し込んで、点検してから、オプ・センターにいるゴメスを呼び出した。リンダがいないので、レーダーはハリが担当する。エリックが操船し、オレゴン号全体はマックスが指揮する。

「ゴメス、補給船を映してくれ」

たちまちカメラが向きを変え、〈マゼラン・サン〉に向かっている補給船に焦点を合わせた。貨物船よりもだいぶ小型で、船齢は四十年を超えているとおぼしく、船首に二階建ての上部構造があって、うしろ半分は貨物用の平甲板が占めている。

「甲板に隠れ場所がないですよ、会長」リンカーンがいった。「だいじな貨物のまわりをうろついてるのを見つかったら、温かな歓迎は期待できないでしょう」

〈マゼラン・サン〉から卸下《しゃが》された積荷にICタグを取り付け、どこへ届けられるかを突き止められるようにするのが、カブリーヨとリンカーンの目的だった。さらに、チャンスがあれば積荷をあけて、なにが輸送されているかをたしかめる。

だが、リンカーンのいうとおりだった。補給船の遮掩物のない甲板でそれをやるのは、殺してくれというようなものだ。胸にネオンの的を付けるようなものだ。

「陸地で遠足するほうがいいかな？」カブリーヨはいった。

「パッケージ旅行なら」リンカーンが答えた。「マイタイがあれば最高」

「悪いが、飲み物は別料金だ。陸地のどこへ運ぶにせよ、トラックを用意しているはずだ。陸上で貨物に近づくほうが見込みがある」

「乾いた地面を踏むのも悪くない」

カブリーヨは、リンダのほうに身を乗り出していった。「リンクとわたしは、〈マゼラン・サン〉へ行く途中でおりる」湾の衛星地図を確認した。「桟橋から五〇〇メートルのところに、格好のビーチがある。リンクとわたしはそこから歩く」

「アイ、会長」リンダがいった。「チェックリストは終わったから、いつでもぶっ飛ばせるわよ」

「それじゃ、出発しよう」

リンダが、発進すると無線で伝えると、クレーンが〈ゲイター〉を放した。〈ゲイター〉が竜骨扉《キール・ドア》の下まで沈降して、モーター推進でオレゴン号から遠ざかった。電動モーターのブーンという音は、ほとんど聞こえないくらい小さかった。オレゴン号の下から出ると、リンダは〈ゲイター〉を浮上させた、ディーゼル機関を始動すると、艇内には震動が伝わってきたが、巡航速力であれば外には聞こえないはずだった。

リンダがスロットルを押すと、岸に向けて〈ゲイター〉が突進した。〈マゼラン・サン〉のレーダーに捉えられるおそれはない。

わずか五分後に、リンダはスロットルをゆるめた。〈マゼラン・サン〉まで二海里に接近したからだ。それ以上近づくと、機関音を聞かれるかもしれない。リンダがバラストタンクに注水し、〈ゲイター〉は展望キューポラの付け根が水面の高さになるまで潜航した。リンダの顔が淡い赤い光に照らされたが、ガラスに色がついているので、外からは見えない。ほどなく一五ノットでビーチに達し、〈ゲイター〉の艇首を砂の海底に乗りあげて、そこで停止した。

リンカーンがハッチをあけて艇外に出た。カブリーヨがふたり分の装備を渡し、リンダのほうを向いていった。「そっちの仕事が終わったら、ここで落ち合って引き揚げる」そこでエディー、マクド、マーフィーの顔を見た。「あまり無茶するなよ」

「こいつらのことなら心配なく」マーフィーが、にやりと笑っていった。「おれが見張ってますから」

「いちばん心配なのはきみだ。トイレを逆流させるようなウイルスを仕込むつもりでいるにちがいない」

マーフィーが、片手をあげて、敬礼の真似をした。「図星です」

「リンダ、このごたまぜ乗組員の指揮を頼む」カブリーヨはちょっと笑いながらいった。「侵入、離脱して、できるだけ早くここに来てくれ」

ふたりの軽口にあきれたように、リンダが首をふった。「アイ、会長。三人がお行儀よくするよう気をつけます」

カブリーヨは、そう信じていた。ここを離れると同時に、四人とも勝負前の引き締まった表情になり、まもなく開始される作戦にとことん集中するはずだ。

艇外にでてハッチをしっかりと閉めると、カブリーヨは水に没している艇首の上を歩いた。まるで水面を歩いてるように見えた。装備バッグを頭に載せ、リンカーンのあとから弱い砕け波に跳び込むと、胸まで海に浸かった。戦闘用義肢は防水仕様だったが片足だけが濡れるのは、いつもながら奇妙な感じだった。

カブリーヨが〈ゲイター〉から離れるとすぐに、リンダがモーターを逆転させ、後進でビーチから離れた。補給船が〈マゼラン・サン〉に達し、横付けしているのが、遠くに見えた。クレーンが早くもパレットをおろしはじめていた。

戦闘装備と抗弾ベストを身につけると、カブリーヨはMP5サブマシンガンを肩から吊り、暗視ゴーグルを目の前におろした。光を増幅するその装置で見ても、音をたてない〈ゲイター〉はすでに視界から消えていた。

カブリーヨとリンカーンは、ひとことも交わさずに勝負前の真顔になり、岸沿いのジャングルを進んでいった。足音を忍ばせていたので、聞こえるのはたえまない虫の音と、前方の桟橋にいる十数人の叫び声だけだった。

30

マニラ

レイヴンは、戦闘中のロクシンの配下を見て、彼らが冷酷非情な集団だというのを知っていた。抵抗すればベスとともに、なんのためらいもなく殺されるはずだ。だから、いわれたとおりにした。ベスもそれに従った。それでもレイヴンは、逃げるか助けを呼ぶ絶好のチャンスはないかと、たえず目を光らせていた。ベスは怯えているようだったが、先ほどのパニックは収まっていたので、脱走しようとするときには当てにできると、レイヴンは思った。

ふたりがSUVに乗せられ、ロクシンの支配下に置かれると、ブリーフケース爆弾はすぐに起爆装置をはずされた。いま彼らは倉庫のガラス張りのオフィスにいた。手足は拘束されていない。ふたりを観察しているように見えるロクシンも含めた男六人にとって、脅威ではないからだ。腐ったニンニクのような臭いが、不快な香料さながらに男たちの体から漂っていた。レイヴンは、自分たちを捕らえた相手に満足感をあたえないために、なにもかも退屈だといわんばかりに、あくびをしたり、のびをしたりした。三階にあるオフィスの窓から見ると、広大な倉庫には消防車がぎっしりとならんでいた。一カ所にそれだけの数が集まっているのを、レイヴンははじめて見た。

ロクシンの配下二人が、一台のポンプ車のそばで番をしていた。車体にベトナム語が描いてあり、マニラ消防署に納車される大型の緊急救難車と、車首からノズルが突き出している黄色い空港用事故処理車に挟まれて、倉庫の端にとめてあった。八輪のポンプ車の脇には巻いたホースがあり、タンクに注水したばかりなのか、濡れていた。

封じ込められないほど大きなエネルギーに満ちあふれているような感じで、ロクシンはずっと歩きまわっていたが、レイヴンが事故処理車を見ているのに気づいたらしく、さっそく窓に近寄って自慢した。「表の試験場で、午後にテストをやった。おれも見物した。すごかったよ。あのノズルはきわめて強力で、一〇〇メートル以上離れたところから、燃えている飛行機に放水できる」悪辣な犯罪人なのに、教育のある人間らしい英語でしゃべっていた。

「くだらない講義は抜きにして」レイヴンはいった。「なにが望み?」

予想どおりの反応があった。明らかに、ロクシンが女に馬鹿にされるのは、めったにないことなのだ。ロクシンがすたすたとレイヴンに詰め寄り、頬を平手で痛烈に叩いた。ベスが息を呑んだが、レイヴンは顔をしかめただけで、顎を動かし、痛みを受け流した。アフガニスタンで即席爆発装置《IED》の爆発に巻き込まれたときの痛みに比べれば、たいしたことはない。あのときは、二度の腹部手術に耐えて名誉戦傷章《パープル・ハート》を授与され、陸軍が英雄的行為と見なした二分間の働きに対して青銅星章《ブロンズ・スター》を授与された。レイヴンは職務を果たしただけだと思っていた。上半身のいくつもの傷痕は、これもふくめてどういう目に遭っても生き抜くことができるという証《あかし》だった。

だが、ロクシンが手加減したこともわかっていた。やろうと思えば、顎の骨を砕くこともできたはずだ。

「おまえたちをいたぶり終えるまでに、望みのものはすべて手に入れているだろうよ」ロクシンはすこし間をおいて、レイヴンとベスがそれを想像するのを待った。だが、拷問は性的暴行には至らないだろうと、レイヴンは察していた。ステロイドの多用は、男性の機能に影響がある。

ロクシンが身構えて、レイヴンをまた殴ろうとしたが、ベスが叫んだ。「待って！知りたいことはぜんぶ話すから」

ロクシンが、拳をおろした。「なにをだ?」

「フィニアルに発信機を仕込んだのはわたしよ。彼女のせいにしないで」

「ほかの絵を取り戻したかったんだな?」ロクシンが急に落ち着いて、デスクの縁に腰掛けた。

ベスはうなずいた。「絵があるところへ追跡できると思ったの。絵を持っているんでしょう?」

ロクシンが、にやりと笑った。「よほど関心があるようだな。ちがうか? 仮におれが絵を持っているとしたら、おまえを生かしておいてもいいかもしれない。美術史家として働いてもらうために。しかし、武器を積んだトラックの男のことが、まだよくわからない。何者だ?」

「友人よ」

「名前は?」

ベスがレイヴンを見ると、教えるようにとレイヴンがうなずいた。名前を伏せて拷問を受けても無意味だ。

「ファン・カブリーヨ」

「おまえとおなじアメリカ人だな?」

ベスはうなずいた。

「政府の人間か？」

「いまはちがう」レイヴンがいった。「元ＣＩＡ局員。いまは民間業者で、政府の仕事を引き受けてる」

ロクシンの笑みが消えた。「そいつは、おれをどうしようとしているんだ？」

「わたしたちに協力して、あなたを探してた」

「それで、たまたまあそこに来て、おれの化学者たちを連れ去ったのか？」

レイヴンは、肩をすくめた。「あなたの作戦が粗雑だったのは、わたしたちのせいじゃない」

ロクシンがむっとして、脅しつける口調になった。「オカンポはどこにいる？」

「どこかの隠れ家で、なにもかもしゃべっているでしょうね。あなたを殺すか捕らえたいと思っているひとはだれでも、オカンポと化学者たちが知ってることをすべて知ったわけよ。ほんとうに商売を替えたほうがいいんじゃないの」

ロクシンが、レイヴンから目を離さずに歯ぎしりした。痛いところを衝《つ》いたようだった。

「おまえたちの話はすべて嘘だ」ロクシンがいった。「ヘリコプターを迎えにこさせて、だれにも見つからない場所へ連れていく。だが、おれは二、三日たたないと行けないし、気が長いほうじゃない。あの事故処理車が見えるか。一分に三トン噴き出す水を何分か浴びたら、ちがう話を聞かせてくれるだろうよ」

レイヴンは、ロクシンに冷笑を浴びせた。「どうせシャワーを浴びたかったの。あなたたちがまわりにいるだけで、だいぶ体が汚れたみたい。一度じゃあなたのくさい臭いがとれないから、二度浴びないといけないかもね」

ロクシンが、ゆっくりと首をふった。「おまえじゃない」ベスのほうに首をかしげてから、レイヴンを睨みつけた。「おまえは見ていろ」

男ふたりがベスとレイヴンをひっぱって、手荒く階段を下らせた。倉庫のメイン・フロアに行くと、ベスは空港用事故処理車の前に立たされ、レイヴンはロクシンに銃で膝を狙われて、その横に立たされた。

あとの男たちはまわりに散開し、一人だけが事故処理車の運転台に登った。倉庫内での移動が楽なように、どの車もキイを差し込んだままにしてあるらしく、すぐにエンジンが轟然とかかった。ノズルが起きあがり、動いて、ベスにまっすぐ向けられた。「動いたら」巨大なディーゼル・エンジンが耳もとでやかましい音をたてていたので、ロクシンがレイヴンに向けて大声でいった。「二度とまともに歩けないようになる。

よし、この放水機の威力を見せてやる。そのあとで、おまえとその女が知っているほんとうのことを話してもらおう」

発射準備がはじめられた放水機がうなり、レイヴンは全身の筋肉を緊張させた。かなり劣勢だったが、たとえ逃げ切れずに殺されても、ベスが拷問されるのを許すわけにはいかない。

レイヴンはロクシンが合図するのを待ったが、合図はなかった。一発の銃声が倉庫の垂木《たるき》のどこからか響き、事故処理車のフロントウィンドウの中央に穴があいた。頭を一発で撃ち抜いたことからして、射手は優秀な狙撃手らしい。運転台の男は前に倒れて死んだ。

レイヴンは、その隙を逃さなかった。ロクシンとその配下は手強《てごわ》いが、高度の軍事訓練は受けていない。レイヴンはそこに付け入った。サイドステップでロクシンの狙いからそれ、下腹を肘打ちした。撃ちながらロクシンがうしろによろけた。弾丸は数センチの差でレイヴンには当たらなかった。

「ベス、逃げて！」レイヴンは叫び、頑丈な緊急救難車の蔭に駆け込んだ。ロクシンの配下は物蔭に跳び込んでいて、銃声に気をとられていたため、レイヴンを狙い撃ちしはじめたときには、もう間に合わなかった。銃弾がレイヴンのうしろの消防車の車体から跳ね返った。

救難車のサイドミラーで、レイヴンはベスを見た。恐怖と混乱の入り混じった表情で、身をかがめ、レイヴンのほうへ走っていた。逃げ込めるかと思えた瞬間、ロクシンがどこからともなく現われ、ベスに体当たりした。流れるようなひとつの動きで、ロクシンがさっと起きあがり、ベスの頭に銃の狙いをつけた。

レイヴンは、声を殺して悪態をついた。いまベスを助けにいこうとするのは、自殺するのとおなじだ。ロクシンの配下が追ってくることが考えられたので、何者だかわからないが、助けてくれた相手に手を貸す方法をひねり出すために、うしろにさがった。トラックの迷路を縫い、レイヴンは忍びやかに進んでいった。

「撃つな、カブリーヨ」ロクシンが叫ぶのが聞こえた。「さもないと、おまえの友だちは死ぬ」カブリーヨのはずはないと、レイヴンにはわかっていたが、ロクシンが知る由はない。

レイヴンが立ちどまったとき、倉庫のPAシステムから何者かの大きな声が響いた。

「ロクシンさん、カブリーヨが何者かおれは知らないし、その赤毛がどうなっても関係ない。おれはゲアハート・ブレッカーだ。おまえが熱心な共産主義者なのは知っているが、資本主義のビジネスの提案がある」

31

〈ゲイター〉は、電気モーターのささやくような音とともに、〈マゼラン・サン〉のななめうしろに船体を寄せた。ほとんど無音に近いので、たとえ真上一〇メートルの甲板にだれかが立っていたとしても、聞こえなかっただろう。エディーがハッチをあけ、減音消炎器付きのMP5を担いで艇外に出た。マクドとマーフィーがつづき、ハッチを閉めた。黒ずくめなので、ほとんど見えない。マクドが、ゴムで覆ったひっかけ鉤付きの矢をクロスボウにこめて、エディーにうなずいてみせた。

「準備よし、ゴメス」エディーが小声で伝えた。

「待て」オレゴン号のスクリーンで〈マゼラン・サン〉を見張っているゴメスが応答した。「見張りがひとり、そっちへ向かっている。すごい大男だ。筋肉から血管が浮き出しているのが、ここからでも見えそうだ」

エディーが上を見て、見張りが舷側から覗いたときに片づける構えをとった。迅速《じんそく》に乗り込んで死体を隠せば任務は達成できるが、作戦のリスクはかなり大きくなる。

一分後に、ゴメスがいった。「よし、見張りはそっちの上を通過して、コンテナの角をまわった。補給船は貨物を積んでひきかえした。乗組員はつぎの卸下《しゃが》に備えて貨物の準備をしているようだ。そっちの近くには、だれもいない」

「見張りはぜんぶで何人いる？」

「シュワルツェネッガーみたいなやつが、甲板に十人。あとの乗組員はタイフーンを使っていないようだ」

「三対十か」マクドが、片方の眉をあげた。「やつらを怒らせないようにしようぜ」

その意見に賛成して、マーフィーがうなずいた。「空に目があってよかった」

「おたがいに、ちょっかいは出さないってことだな」エディーはそういって、マクドのほうを向いた。「エレベーターのケーブルを頼む」

マクドが、クロスボウの狙いをつけて、矢を放った。鋼管の手摺のあいだを矢が抜けて、その向こうのコンテナにぶつかり、鈍い音をたてた。鉤爪がひろがり、マクドがナイロンロープをたぐり寄せて、手摺の鋼管に鉤をしっかりとかけた。

マクドにロープを渡されたエディーが、超小型電動ウインチにつなぎ、懸吊ハーネスに接続して、スイッチを入れた。ウインチの歯車が、低いブーンという音を立てて、手摺に手が届くところまで引きあげた。敵がいないことを確認すると、エディーは手摺を越えて、ウインチをはずし、バックパックにしまってから、MP5を担いだ。

ゴメスが甲板にいる人間を監視しているが、ドアをあけて突然だれかが現われるかもしれない。上部構造から一五メートル離れたそこを選んだのは、いちばん近いドアから距離があるからだった。

だれもいないとわかると、エディーはマクドを呼び寄せ、つづいてマーフィーがあがってきた。ふたりとも自分のウインチを使った。三人とも甲板にあがると、パトロールしている見張りに見つからないように、マクドがロープと鉤をはずした。

「甲板にいる」エディーは、リンダに伝えた。

「了解」リンダが応答した。「潜航する。迎えがほしいときに連絡して」〈ゲイター〉は浮上中もほとんど見つかるおそれはないが、危険は冒すなという命令を受けていた。リンダは〈ゲイター〉を水面の三メートル下に潜航させ、アンテナだけを出して、エディーの無線連絡を待つことになっている。

「行くぞ」エディーはいった。

三人が立っていた場所は、わりあい暗かったが、クレーンの周囲は投光照明を浴び、白い上部構造のてっぺんから光が反射していた。

三人はゴメスに誘導され、それとは逆の方向へ、甲板をそっと進んでいった。機器室は船長室と隣り合って二層上の甲板にあり、真上が船橋《ブリッジ》だった。船内にはいると、ゴメスの目が届かなくなり、三人が自力でやることになる。通らなければならない階段にもっとも近いドアは、オレンジ色の救命艇のすぐ横にあった。砲弾型の救命艇は、下向きの腕木《クレードル》に取り付けてあり、非常時にはボートの自重によって海面へと滑降し、迅速に避難できる仕組みになっている。

ドアには厚いガラス窓があった。エディーは、小型カメラを窓枠の上にかざし、スクリーンに送られてくる画像を見た。通路にはだれもいない。

なかにはいり、足音か声がしないかと、耳を澄ました。なにも聞こえなかったので、手をふってマーフィーとマクドにつづくよう指示した。見通しのきくところにいる時間が長いと、発見されるおそれが高まるので、すばやく階段へ行った。

二層上まで階段であがると、ブリッジの真下の機器室があった。はいりたかったが、ちょっとした問題があった——頑丈な金属製のドアには、南京錠《なんきんじょう》がかけてあった。

「疑り深いやつがいるんだな」真新しいコンビネーションロックを見て、マクドがつぶやいた。

「電気と光ファイバーの本線や制御機器があるだけのはずだ」マーフィーがいった。

「どうして鍵をかけるのかな?」

「たしかめる方法はひとつだけだ」エディーはいった。バックパックのなかを探り、折りたたみ式ボルトカッターを出して、チタン強化の把手《とって》をひろげた。

「諸君」ゴメスがいった。「見張りがふたり、いま上部構造へはいっていった。急いでいるようすはないが、そっちへ行くかもしれない」

ゴメスの警告を強調するかのように、見張りふたりの話し声が、階段から聞こえ、どんどん大きくなった。

エディーがボルトカッターで南京錠の掛け金を挟むと、マクドがそっといった。

「錠前がないのに気づいたら、パーティに招待していないやつらが押しかけるぞ」

声が大きくなった。ここまできたらやるしかないとエディーは悟り、強力なボルトカッターの把手を締め付けた。掛け金がプラスティックでもあるかのように、まっぷたつに切断された。エディーはロックをはずして、破片をポケットに入れた。

三人は急いでなかにはいり、エディーがドアを閉めた。

マーフィーがフラッシュライトを使って、スクリーンがある、小さなタブレットほどの厚く四角いパネルを、ドアの内側に押しつけた。パネルには四隅に磁石があり、ドアにくっついた。ボタンを押すと、スクリーンが明るくなった。ドアが厚いので、近づいてくる声がくぐもり、足音は聞こえなかった。

見張りふたりは、足をゆるめなかった。しゃべりながら、ぶらぶらと通りすぎていった。くぐもった声も、じきに聞こえなくなった。

「明かりをつけろ」エディーはいった。

マーフィーがスイッチを見つけて、はじいた。

三メートル四方ほどで、目立ったものはなく、周囲の壁に電線を納めた管や液晶ディスプレイの制御盤があるだけだった。ドル札やユーロ札の束も、人身売買されている人間も、密輸品のウージやＡＫ‐47もなかった。予想どおり、ただの機器室だった。

エディーはそう思ったが、やがてマーフィーがいった。「ここはちょっとちがうな」

「なにが？」エディーはきいた。マクドはドアを見張っている。

「ＣＩＡに提供された配線路図よりも、配線がかなり多い」

「なんのための配線だ？」

「わからない」

わざわざ鍵をかけてあったここになにがあるのだろうと、エディーは興味をそそられたが、今回の任務でそれは重要ではない。「どうでもいい。航海データを手に入れて早く引き揚げよう」

「もうちょっとだ」マーフィーが配線のカバーを切って、なかのケーブルを露出させた。そこにワニ口クリップを挟み、自分のタブレット・コンピュータに接続して、スクリーンの上で指を躍らせ、作業に没頭した。

「だれかがなかにはいっていった」ゴメスが無線で報告した。

「見張りか？」

「ちがう。乗組員のようだ」

「注意する」エディーが向き直ると、マーフィーがまごついた表情で、タブレットのスクリーンを見ていた。「どうかしたのか？　データが見つからないのか？」

「いや、そうじゃない。たしかにここにある」

「それじゃ、なんだ？」

「どうも変だな」マーフィーがそういって、眉根を寄せ、エディーの顔を見た。悪い報せをいうときの癖だ。「この船には射撃指揮装置《ファイア・コントロール・システム》がある」

消火装置《ファイア・サプレッション・システム》のことかと、エディーは思ったが、マーフィーがそういう用語をいいまちがえるはずがない。このふたつはまったくちがうものだ。

マーフィーは、〈マゼラン・サン〉が武器を搭載していると指摘しているのだ。

（上巻終わり）

◉訳者紹介　伏見威蕃（ふしみ いわん）
翻訳家。早稲田大学商学部卒。訳書に、カッスラー『ハイテク艤装船の陰謀を叩け！』、ブラウン『地上侵攻軍を撃破せよ』（以上、扶桑社ミステリー）、グリーニー『暗殺者の飛躍』（早川書房）、エモット『「西洋」の終わり』（日本経済新聞出版社）他。

戦慄の魔薬〈タイフーン〉を掃滅せよ！（上）

発行日　2018年6月10日　初版第1刷発行

著　者　クライブ・カッスラー＆ボイド・モリソン
訳　者　伏見威蕃

発行者　久保田榮一
発行所　株式会社 扶桑社
〒105-8070
東京都港区芝浦1-1-1　浜松町ビルディング
電話　03-6368-8870（編集）
03-6368-8891（郵便室）
www.fusosha.co.jp

印刷・製本　図書印刷株式会社

定価はカバーに表示してあります。

Printed in Japan
ISBN 978-4-594-07984-0 C0197